LEYENDAS
&
OTRAS MENTIRAS

CLAIRE CONTRERAS

Para Gia Guzmán, mi Wela

NOTA DE LA AUTORA

Mi abuela paterna, la mujer que ayudó a dar forma a lo que soy hoy, era analfabeta. En lugar de leerme cuentos, volvería a contar las historias que conocía. Cuentos que forman el tejido de República Dominicana, pero que se originaron en África.

Ella parecía tener una biblioteca interminable de estas historias. A veces las mencionaba mientras cocinaba. Otras veces, las usaba para encabezar advertencias. No creo que ella quisiera que me inspiraran, pero seguro que encontraron su camino en este libro.

Aunque esto no es un folclore per se, incluí algunos en la historia.

Me encantó escribir este libro. Me proporcionó el escape que necesitaba de la realidad (¿o realidad alternativa?) de lo que ha sido este 2020.

¡Espero que haga lo mismo por ti!
Claire Contreras

PRÓLOGO

—La encontré —dijo en voz alta.

Alguien entró rápidamente en la habitación. Me volví para ver al guardia que había estado junto a la puerta.

—Señor, lo siento mucho, eso no es cierto…

—La búsqueda terminó. La encontré —dijo River de nuevo.

—¿De qué estás hablando? —Sentía el latido de mi corazón como un tambor en mis oídos.

—Esta mujer me hará compañía esta noche —dijo, ignorándome.

Ya no estaba segura de con quién estaba hablando, pero luego me volví y me di cuenta de que las cortinas de la tienda se habían abierto y la fila de mujeres y la gente que estaban parada fuera de la tienda podía vernos. Tal vez había bebido demasiado tequila, pero podría haber jurado que solo dijo que le haría compañía esta noche.

Giré para mirarlo.

—Lo siento, mi nombre no estaba en la lista. Ni siquiera estaba…

—Te elijo a ti, Penelope Guzmán.

—Pero, ni siquiera me inscribí para esto.

—No tenías que hacerlo. —Su sonrisa era lobuna, arrogante—. Soy el anfitrión del carnaval de este año y quiero pasar la noche contigo.

—Yo… —Miré a mi alrededor de nuevo, sin saber qué decir. Estaba demasiado ebria para comprender completamente lo que estaba sucediendo, así que dije lo primero que me vino a la mente—: Nuestras familias se odian mutuamente.

—Dime algo que no sepa. —Ya no sonreía, pero parecía tan divertido como hacía un minuto.

Había un brillo en sus ojos, un destello de algo que no sabía cómo definir. No se veía bien, pero la adrenalina que me atravesaba era demasiado palpable para que me alejara, apartara mi mano de la suya, y si realmente hubiera estado analizando lo que estaba sintiendo, lo clasificaría como emoción. El hombre más poderoso de la isla, el más buscado, el más misterioso, el que me dijeron que nunca, nunca, convocara por su nombre, me estaba extendiendo la mano. Puse mi mano sobre la suya y la sostuvo suavemente mientras me miraba. Lo dejé allí, ignorando el escalofrío que se deslizó por mi columna. *Wela me iba a repudiar por esto.* Sentí esa advertencia en la boca de mi estómago y fue solo entonces que aparté mi mano de la suya.

—¿Qué pasó, brujita, por fin te acuerdas de quién eres? —River se rió entre dientes.

—No soy una bruja. —Me encontré con su mirada—. Y yo no soy pequeña.

—No, en absoluto. —Él parecía divertido. Yo estaba molesta.

—¿Por qué me elegiste?

—¿Por qué no?

—Hay muchas mujeres en la isla.

—¿Por qué hiciste fila?

—Pensé que era el baño.

—¿En serio? —Levantó un puño para toser, escondiendo una carcajada.

—No estoy bromeando. —Aprieto en puños mis manos temblorosas.

—No pensé que lo estuvieras.

Tragué.

—¿Entonces, por qué me elegirías?

—¿Por qué no iba a hacerlo?

Parpadeé, negando con la cabeza. No estábamos llegando a ninguna parte rápidamente.

—¿Que se supone que haga? Como tú compañera, quiero decir.

—Pasa la noche conmigo.

—Oh. —Me costaba respirar y mucho más hablar—. ¿Y si no lo hago?

—Tienes que.

—¿Quién lo dice?

—La ley. Deberías agradecerle a tu padre por eso. Oh, es cierto, no puedes. —Él sonrió, fue una sonrisa lenta y sexy que hizo que mi estómago se revolviera a mi pesar—. O pasas la noche conmigo o la pasas en la cárcel, y conoces las condiciones de estas cárceles.

—No me gusta que me pongan entre la espada y la pared.

—Si no te gusta, no deberías haber venido al carnaval. En el momento en que lo hiciste, sellaste tu destino. —Volvió a cerrar la distancia entre nosotros—. De hecho, lo hiciste en el momento en que regresaste a la isla.

CAPÍTULO UNO

Cierro los ojos mientras me apoyo en la sucia ventana del autobús. Hemos estado viajando durante una hora y solo nos quedan unos quince minutos en el camino, siempre y cuando Doña Mercedes no levante la mano y decida que necesita detenerse en la parada de descanso.

De nuevo.

—¿Entonces, es esta tu primera vez en la isla Pan?

Mantengo los ojos cerrados, aunque sé que fingir dormir será inútil. Acabo de conocer a Martin hace una hora, cuando abordamos el autobús. Supongo que él pensó que, dado que tenemos aproximadamente la misma edad, se sentaría a mi lado, en lugar de arriesgarse a sentarse junto a una de las viejitas y me la pasaría hablando con él. Quería evitarse el aburrimiento y ahora me está matando a mí, y por la forma en que sigue mirando mis pechos cada vez que la calle pasa de pavimentada a grava y baches, sé que él también tiene otras cosas en mente. Puede mirar todo lo que quiera. Es lo único que va a pasar hoy. Una parte de él debe de saberlo. Se ha vuelto cada vez menos hablador a medida que avanzamos en el trayecto y mis ojos no dejan de cerrarse por el cansancio, lo que bien él podría haber tomado como desinterés. Estamos por llegar y ha dicho esas seis palabras en al menos diez minutos en silencio. Al menos huele bien.

—Está bien, no tienes que decírmelo. —Su voz es resignada, y aunque espero que se calle, una parte de mí se siente mal. Sé lo que se siente al hablar y no ser escuchado.

—¿Cuántas veces has estado en la isla Pan? —Abro los ojos y lo miro.

—Cinco, creo, principalmente por refugios y excavaciones. —Él apunta con la cabeza hacia mi cámara—. ¿Es por eso por lo que estás de visita?

—No. —Agarro la cámara un poco más fuerte mientras la culpa me corroe.

En los últimos seis años, la isla Pan ha recibido más de doce millones de turistas. La isla es pequeña y está envuelto en misterio, o al menos lo estuvo antes de que los turistas decidieran convertirlo en su lugar favorito, y yo soy parcialmente culpable de ello, con mis fotografías y el enganche de las redes sociales. El autobús deja de moverse con un fuerte chirrido. Incluso los neumáticos están cansados de transportar personas no deseadas por estos caminos sin pavimentar.

—El ferry sale en diez minutos —grita el conductor—. Traté de hacerlo lo más rápido que pudimos, pero las paradas…

Él sacude la cabeza, mirando de reojo a Doña Mercedes, quien se burla y procede a colocarlo en su lugar.

Nos bajamos del autobús y agarramos nuestras pertenencias, caminamos hacia el ferry y mostramos al asistente nuestros boletos comprados con anticipación.

—¿Entonces, qué te trae hasta aquí? —Martin camina más rápido para alcanzarme.

—Nací ahí.

—Estás bromeando. —Él me mira más de cerca, mirándome de arriba abajo—. No parece que seas de la isla.

—Si tuviera un dólar por cada vez que he escuchado eso. —Pongo los ojos en blanco—. ¿Cómo es exactamente una persona de la isla? ¿Cómo se ve una persona de cualquier lugar hoy en día?

—Tienes razón. —Martin asiente lentamente—. Es que nunca he conocido a nadie que sea realmente de allí. Quiero decir, aparte de los clientes, y no son exactamente los más amables a menos que quieran estafarte.

—Bueno, no creo que aprueben que la gente venga a dañar el ecosistema. —Le lanzo una mirada—. Si hubiera oro en nuestras cuevas, ya lo habríamos encontrado.

—La de Guzmán tal vez. —Martin se burla—. Ellos son los únicos que tienen acceso a esas cuevas.

Trago saliva y mantengo los ojos en el ferry mientras seguimos caminando y luego en el suelo para asegurarme de no resbalar. Mis mocasines Gucci son una linda muestra de mi ética de trabajo, pero no están aprobados para la cubierta del barco.

—El viejo Guzmán murió —dice Martín después de un momento—. ¿Para eso estás aquí? Es una locura que su funeral se celebre al mismo tiempo que el carnaval.

—Es una locura. —Suspiro profundamente. —Pero gente se muere a diario, incluso en la isla.

—Sí. —La diversión de Martin se apaga de repente—. Algunos amigos míos murieron en ese accidente de navegación hace dos años.

—Mi sentido pésame.

—Estaban pescando en la costa de Dolos. Les dije que era una mala idea, pero lo hicieron de todos modos. —Él desvía la mirada.

Sigo su mirada hacia la hermosa arena dominicana y las palmeras ondulantes que estamos dejando atrás. ¿Cuántas personas se han alejado de esa isla para saltar a la mía y nunca regresaron? Demasiados, y la cantidad de personas que se han alejado de la mía para saltar a la isla Dolos y regresar es mucho mayor. La gente no sale de Dolos. No, a menos que sean invitados y uno solo podría ser invitado esta semana. La semana del carnaval.

—¿Alguna vez has estado ahí? —Martin me mira.

Niego con la cabeza. No es una mentira… completa.

—¿Así que nunca has conocido a un Caliban cara a cara?

—No puedo decir que lo haya hecho. —Dejo escapar una carcajada—. Hablas de ellos como si fueran criaturas míticas y no solo otra familia rica.

—No. Los Guzmán son como cualquier otra familia rica. —Él me lanza una mirada mordaz que me hace apartar la mirada brevemente—. Los Caliban son legendarios.

Arqueo una ceja.

—Sólo por lo de los Guzmán.

—Te refieres a la maldición que Guzmán les impuso. —Él levanta una ceja.

—No creo en maldiciones. —Pongo los ojos en blanco—. Mi punto es que son gente como cualquiera.

—Gente que nunca has conocido.

—Y que no tengo intención de conocer.

—Maldita sea. Eres una Guzmán, ¿no es así? — Sus ojos marrones buscan los míos por un momento—. Oye, no hay nada de qué avergonzarse.

—No lo soy. —Trago y aparto la mirada, de nuevo a las palmas que ahora están casi fuera de la vista.

Solía enorgullecerme de mi familia y de nuestro nombre. Luchamos por la libertad contra la esclavitud y nos convertimos en personas libres, participamos en el sufragio femenino y construimos nuestra propia ciudad y, sin embargo, el nombre de Guzmán se ha reducido a una sola cosa: la guerra entre nuestra familia y los Caliban y la supuesta maldición que asola su isla y el agua entre la nuestra.

—Lo siento —dice Martin—. sé que Máximo Guzmán era un miembro muy importante de su familia.

—Gracias. —Parpadeo las lágrimas que se hinchan en mis ojos y me recompongo antes de mirarlo de nuevo—. ¿Entonces, de qué parte de la Republica Dominicana eres?

—¿Cómo sabes que soy de RD? —Él arquea una ceja. Le lanzo una mirada que lo hace reír—. De la capital, pero, estudié en Connecticut el bachillerato y la universidad.

—¿Por qué te mudaste?

—No hay lugar como el hogar. —Él se encoje de hombros, sonriendo—. Además, espero hacerme un nombre en el periodismo. Todo el mundo dice que los periódicos están muertos, pero yo quiero revivirlos y mostrarle a la gente que pueden seguir dando nota.

—¿Cómo diablos vas a hacer eso?

—No lo sé todavía. —Él se ríe entre dientes—. Es otra razón por la que me encanta venir a la isla Pan.

Lo dice cuando el ferry comienza a atracar, en el momento perfecto. Nos agarramos a las barras frente a nosotros mientras el ferry se balancea levemente.

—La Isla Pan parece estar estancada en otra era, ¿no crees?

—Esa es una evaluación justa. —Asiento. Me fui hace seis años y no había regresado, pero me había mantenido en contacto con mis mejores amigos y siempre se quejan de la falta de cambio—. ¿Entonces, eso es lo que te trajo aquí, recorrer tus pasos? No puedo imaginarme a alguien vestido como tú que aprecie a los mosqueteros y esas cosas.

—No. —Él se ríe—. Pero el carnaval es esta semana. Pensé que lo disfrutaría mientras esté aquí. Además, me invitaron a la gala Caliban.

—Oh. —Levanto las cejas—. Eres valiente. ¿Perdiste amigos cerca de la costa de esa isla y todavía estás dispuesto venir de visita?

—Sabes que las mareas se secan esta semana entre las islas. Estaré bien. —Él sonríe—. ¿Entonces, has visitado alguna vez, desde que te fuiste?

—No. —Le ofrezco una media sonrisa—. No me gustan los fantasmas.

Es una mentira total. Mi trabajo está lleno de fantasmas. O más bien, de tomar fotografías de lugares que la gente cree que están encantados. Estoy orgullosa de lo que he podido lograr con una cámara en la mano, incluso si eso también es lo que destrozó a mi familia. Cuando yo tenía diecisiete años, mi padre me regaló una Canon nueva por mi cumpleaños. Fue el regalo más impresionante que jamás me había dado. Más que el reloj Cartier que me regaló el año anterior o la Vespa azul pálido que me había comprado apenas un mes antes de mi cumpleaños, una muestra de celebración por graduación de bachillerato. Ninguno de nosotros sabía cuántos problemas traería esa Canon. Yo había tomado fotografías de nuestra isla, de la niebla que nunca parecía desvanecerse, incluso de las playas que eran visitadas por turistas de todo el mundo, no por los soleados cielos azules y las palmeras, sino por su ausencia. La fotografía que realmente me trajo el éxito fue la que no recordaba haber tomado. Era una foto de la mansión Caliban, una casa negra, encaramada en lo alto de una colina, tan apartada y cubierta de niebla que nadie había tomado una foto clara de ella hasta que yo lo hice.

Esa foto había sido el trampolín para mi exitosa carrera tomando fotografías de lugares abandonados y casas viejas, pero también había causado una ruptura irreparable entre mi familia y yo. Me habían echado de mi casa a los diecisiete años y me habían dejado para defenderme por mi sola. Afortunadamente, tuve grandes amigos que tenían buenas familias y aterrizaron sobre mis pies. No cambia el hecho de que perdí a mi padre esa noche, perdí a mi madre por asociación y tuve una relación tensa con mi abuela, la persona más cercana a mí.

A lo largo de los años, me habían hecho innumerables preguntas sobre esa fotografía y todavía no podía encontrar una respuesta clara para ellas. Para tomar la foto, tendría que estar de pie directamente frente a la mansión. La única forma de llegar a la mansión era ir a la isla Dolos. Hay todo tipo de leyendas en torno a eso. La marea está alta la mayor parte del tiempo y las turbulentas aguas entre las dos islas significan una probable muerte. Los historiadores lo habían considerado inseguro durante mucho tiempo. Los teóricos de la conspiración lo etiquetaron como el segundo Triángulo de las Bermudas. Aquellos de nosotros de la isla Pan lo vemos por lo que es. La mansión Caliban está maldita y cualquiera que se acerque a ella sufre mucho por ello. Entonces, la pregunta realmente debería haber sido, ¿cómo una heredera Guzmán se paró frente a la mansión Caliban y tomó una foto y vivió para contarlo?

No estoy segura. Lo único que sé es que la mansión Caliban había sido la primera foto que publiqué en mi sitio web, *The Haunt*, y ahora hay foros en *Reddit* dedicados a descifrar todo lo que publico. Como si tuviera mi propio fandom, tomo fotografías para una empresa de bienes raíces llamada *Old Houses*, que es exactamente eso. Una empresa inmobiliaria dedicada únicamente a la búsqueda y venta de casas antiguas.

—Entonces, ¿participarás en las festividades del carnaval ya que estás aquí? ¿O irás a la gala? —Martin pregunta, sacándome de mis pensamientos.

—No.

—¿Entonces no vas a la gala?

—Definitivamente no. —Me siento sonreír. Obviamente, él no entiende la disputa entre las familias. Quizás piensa que es una leyenda, como la propia maldición.

—Eso es muy malo. Es la única vez que podemos entrar y salir de la propiedad —dice, como si eso es un gran punto de venta.

—Lo sé. Simplemente no sé por qué alguien se arriesgaría a quedarse atrapado allí. —Levanto una ceja—. Sabes lo que dicen sobre esa casa.

—Lo sé, pero ¿no tienes curiosidad? ¿No quieres ver cómo es?

—No. —Es una mentira. Renunciaría a mi mejor lente por caminar por esos pasillos y ver cómo está realmente por dentro.

—Te ves como si lo fueras hacer. —Él mira mi atuendo—. Vestida de negro así.

Ambos nos subimos y acomodados mientras el barco está estacionado y anclado. Martin todavía está esperando mi respuesta. Hay un millón de cosas que podría decir, siempre me visto de negro, como Johnny Cash o Batman, pero elijo ir con la verdad, una que no he hablado en voz alta con nadie, así que ¿por qué no decírselo a un completo extraño?

—Estoy aquí para un funeral. ¿O supones que debería usar un color más alegre para honrar la muerte de mi propio padre?

CAPÍTULO DOS

—El diablo se ríe esta noche, pero se ríe solo —dice Don José durante su panegírico—. No sucumbiremos a su codicia ni seremos empañados por sus fechorías. Máximo Guzmán fue un buen hombre, un gran hombre. Gia Guzmán es una gran mujer y necesita nuestra ayuda y oraciones ahora más que nunca. Que la levantemos a la luz para que vuelva con nosotros.

Él hace una reverencia y regresa a su asiento en la parte delantera de la iglesia. Tanto mujeres como hombres murmuran sus oraciones de acuerdo y se limpian la cara.

Me paro en la parte de atrás del lugar, con la cabeza agachada, pensando en lo mucho que odio los funerales. Odio las condolencias que vienen con esos incómodos abrazos de lado, las palmaditas en los hombros y los elogios que hablan de la perfección de la gente, cuando la mayoría de las personas sentadas en la sala saben lo contrario. Todos tenemos nuestras faltas. Nunca fuimos del todo buenos, a pesar de lo mucho que intentamos serlo, o del todo malos, a pesar de lo que otros dicen de nosotros. Desearía que todo esto no fuera tan hipócrita. Máximo Guzmán fue un gran hombre. Seguro. Le había dado la espalda a su propia hija cuando era una niña.

¿Nadie tenía nada que decir al respecto?

¿A nadie le importaba el hecho de que yo había tenido que dormir en el sofá de sus amigos y pagar mi universidad mientras mis padres estaban sentados en su mansión rodeados de gente que decía sí y orando a los falsos profetas?

Me enoja pensar en ello, así que trato de apartarlo, pero no sirvió de nada, la ira hervía a fuego lento. En lugar de caminar hacia el ataúd abierto, salgo y me cierro el abrigo con fuerza mientras me empujo a través de la brisa fría.

—Hola. —La voz de mi mejor amiga Dee me hace levantar la vista. Aparta el cigarrillo y exhala humo—. Te estuve buscando.

—¿Antes o durante tu salida a fumar?

—Sabes que odio los funerales. —Ella se acerca y me rodea con sus brazos.

—¿Dónde está Law? —pregunto.

—Él está por ahí. —Ella se aparta—. Tuvo que irse. Él y su novia tuvieron una gran discusión.

—¿Llegaste a conocerla?

—No, ella estaba demasiado asustada por la isla como para salir a tomar algo anoche. —Dee sonríe y niega con la cabeza—. Ella se lo pierde.

—Sí, ella se lo pierde. —Le devuelvo la sonrisa—. Hablando de bebidas…

—Sí, vayamos al local de Dolly. Estoy segura de que se alegrará de verte y de servirte hasta que te emborraches tanto que ni siquiera te acuerdes de este horrible momento.

—Dudo que algo pueda hacerme olvidar esto. —Envuelvo mi brazo alrededor del de ella—. Y ya no bebo mucho.

—¿Bueno, por qué diablos no?

—Mi hígado tuvo una larga conversación conmigo y escuché.

—Hm. Supongo que es algo que todos deberíamos hacer. —Ella sonríe mientras caminamos, la grava debajo de nosotros crujiendo bajo nuestras botas—. ¿Cómo terminó el viaje? No voy a mentir, no puedo creer que hayas tomado ese autobús de mierda.

—Estuvo bien. Quiero decir, tenía cuatro ruedas y me trajo. Fue más seguro que la alternativa.

Ella gime—: Lo siento. ¿Fuiste a visitar a tu mamá?

—Aún no. No estoy segura de estar lista para verla.

La verdad es que ni siquiera estaba lista para volver aquí. Mis padres habían tenido un extraño accidente cuando su hidroavión se hundió. Según todos los informes, había sido un día despejado, lo que no era frecuente en verano. Aquellos que vieron caer el avión asumieron que estaría bien, ya que ya estaba aterrizando y rozando el agua, y luego todo salió mal. Las nubes se volvieron negras, la niebla se levantó aparentemente del océano y cayó un rayo. Una combinación terrible que sonaba más como algo de una película de Hollywood que de la vida real, pero lo fue y se enviaron suficientes pruebas de video por todo el mundo para que cualquiera pudiera cuestionar la validez de la historia. Desde el accidente, mi madre había estado perdiendo el conocimiento, en casa, con enfermeras vigilándola las veinticuatro horas del día, y mi padre sufrió un infarto cuando lo sacaban del avión. Nada de eso tenía sentido, pero aquí estamos.

—¿Crees que fue la maldición? —pregunta Dee, en un susurro, mientras llegamos a la Vespa, la de ella roja, la mía azul pálido, y recogemos nuestros cascos y nos los aseguramos en la cabeza.

—No creo en la maldición. Tú lo sabes.

—Aun así, Penny. Viste el video. —Sus ojos se agrandan bajo el plástico transparente del casco—. No se puede negar lo loco que fue, y con todo lo demás…

—No creo en maldiciones. —Me doy la vuelta para subirme a mi Vespa—. Te veo al rato.

Realmente no creo en las maldiciones, pero no se puede negar que algo maligno acecha en esta isla. No sé si procede de la mansión Caliban o de la nuestra, o del pueblo, pero está allí. Ningún Guzmán ha vivido una vida larga y feliz, libre de problemas de salud o una muerte trágica. Por lo que yo sé, los

Caliban sufren la misma suerte. Cuando yo vivía aquí, me había propuesto mantenerlos fuera de mis pensamientos. Cuanto menos pensaba en ellos, menos posibilidades tenía de darle la bienvenida a algo de eso en mi vida. Cuando llego al bar de Dolly estaciono, apago el motor, me quito el casco y lo cuelgo del asa. Veo como Dee hace lo mismo. Por dentro, estamos en nuestro stand habitual, uno en el que no nos habíamos sentado durante seis años.

—Se siente tan extraño estar de vuelta aquí —digo después de que hacemos nuestros pedidos de bebidas con Dolly.

—¿Te importa si me uno a ti? —La voz familiar es la de Martin. Va vestido con un polo azul oscuro y caqui.

—Todavía brillas en este cielo negro —le digo—. Esa ropa caqui que llevas…

Su sonrisa decae.

—¿Es por eso por lo que acabo de pagar treinta y cinco dólares por un ron y una coca cola?

—Oh, sí. —Dee se ríe—. Y puedes unirte a nosotros, si a Penny le parece bien. No estoy segura de lo que está pasando aquí.

Ella hace una señal a Martin para que se acerque.

—No. —Niego con la cabeza, frunciendo el ceño ligeramente—. Nos conocimos hoy, no pasa nada.

—Ella tuvo la amabilidad de dejarme hablar sin parar —él dice, luego me mira—. ¿Te importa si me siento con ustedes?

—Para nada. —Empiezo a deslizarme, pero Dee se me adelanta y, por el brillo de sus ojos, me doy cuenta de que a ella le interesa. Me río ligeramente y aparto la mirada justo a tiempo para ver a Dolly trayendo nuestros tragos.

—Oh, ¿este joven está contigo? —Pone un Martini frente a mí y un whisky en las rocas frente a Dee—. Debiste decírmelo.

—Para que lo sepas, estamos pagando el precio normal. —Le guiño un ojo, sacándole una carcajada.

—No soñaría con cobrarle más que el precio normal. —Ella guiña un ojo mientras se aleja—. No has estado aquí por un tiempo, pero puedes pedir con las tablets en la mesa y te traerán tu comida de inmediato.

—Gracias, muñeca.

—Cariño, estamos para servirte.

—¿Treinta y cinco dólares? —Dee susurra—. Ella debe estar ganando una fortuna estos días.

—No estás bromeando. —Miro alrededor de la barra—. No creo que vea una cara familiar. ¿Ha sido así todos los años?

—En realidad no —dice Martin, dejando su bebida—. He estado aquí durante los últimos tres y este es el lugar más concurrido que he visto.

—Vaya. —Bebo mi martini.

—Normalmente me voy al carnaval —dice Dee—. Quiero decir, no he vivido aquí desde hace cuánto, ¿cuatro años? Pero incluso entonces, cuando vuelvo a casa, me aseguro de no venir esta semana.

—No me puedo imaginar ser de aquí y no deleitarme con esto —dice Martin.

—Eso es porque no eres de aquí —Dee y yo decimos al mismo tiempo, luego nos reímos.

—Oh, vamos, no puede ser tan malo. —Él nos lanza a las dos una mirada—. Además, ya te lo dije, disfruto de los lugares frecuentados.

—También Penny y no la atraparás en esta isla a menos que sea una emergencia. —Dee se ríe entre dientes y luego me mira con la barbilla mientras toma un sorbo de su bebida—. ¿Le hablaste de tu blog de fotografía?

—No. —Le lanzo una mirada—. No me propongo contarles a extraños sobre mi trabajo.

—¿Qué blog de fotografía?

—*The Haunt* —proporciona Dee.

—¿El blog? De ninguna maldita manera. —La mandíbula de Martin cae momentáneamente—. ¿Es tuyo? Pensé que no te gustaban los lugares populares.

—Mentí. Demándame. —Pongo los ojos en blanco y me concentro en mi bebida.

—No quiero ser un fanático ni nada por el estilo, pero estoy ahí todos los días. ¿Alguna vez miras los foros? Soy FableKing66.

—No. —Es otra mentira. FableKing66 es uno de mis mayores contribuyentes en cuanto a teorías sobre casas encantadas.

—Ella está mintiendo, odia tener el foco sobre ella —dice Dee—. Apuesto a que puede decirte la última vez que publicaste.

—Quizás hace un año, pero ya no. —Me río.

—Bien, lo olvidé, pasaste el umbral del millón de seguidores. —Ella pone los ojos en blanco, pero estoy sonriendo.

—¿Conoces a Goddess19?

—Por supuesto. Ella comienza la mayoría de los temas.

—Ella está sentada a tu lado. —Asiento a Dee, que ahora se sonroja furiosamente.

—Estás bromeando. —Martin la mira con la boca abierta—. ¡Mujer!

—Oh, Dios mío, Penny. —Dee todavía está sonrojada y todavía intenta esconderse detrás de su bebida—. Es como si tu propio pequeño club de fans se reuniera aquí en la isla Pan.

Me río a carcajadas. Martin todavía está conmocionado, aparentemente, porque está mirando entre Dee y yo y no dice mucho, lo cual es extraño para él por lo que yo sé.

—¿Vas a ir a la fiesta de Caliban? —pregunta finalmente a Dee.

—¿Me estás pidiendo que te acompañe? Porque no me opondría.

—¿Seguro Por qué no? —Martin sonríe y luego me mira—. ¿Tienes algún trabajo mientras estás aquí?

—En realidad, sí. —Sonrío. —Me enviaron una dirección.

Saco mi teléfono y vuelvo a mirar el correo electrónico del trabajo.

—En realidad, me enviaron un pin de ubicación.

—¿Para qué necesitarías un pin si tienes una dirección? —Martin frunce el ceño.

—A veces, el GPS no tiene la ubicación de estas casas antiguas porque están muy lejos de la carretera. Los pines de ubicación funcionan mejor.

—Especialmente aquí y no te preocupes, que conocemos el lugar. —Dee ese ríe—. En serio, me dejo usar el pin de Uber.

—¿Cuándo vas a tomar las fotos? —pregunta Martin—. ¿Podemos ir contigo?

—Seguro, si no te importa ir ahora. —Termino mi Martini y miro afuera hacia los cielos sombríos—. Esto es tan ligero como se va a poner hoy.

Martin y Dee terminan sus bebidas. Dejamos dinero en la mesa para Dolly y salimos del bar.

—¿Debemos caminar? —pregunta Martin—. No tengo transporte.

—Puedes viajar conmigo —dice Dee, luego niega con la cabeza—. ¿Sabes qué? Es mejor que caminemos. Solo tomé un trago, pero la última vez que manejé después de un trago, pasé la noche en la cárcel.

—Y en el periódico a la mañana siguiente. —Levanto una ceja—. Mi abuela me envió una foto de la portada.

—Con una advertencia sobre tus amigos, estoy segura. —Dee se burla.

—Bien lo sabes. —Le guiño un ojo.

—Me parece fascinante que la isla Pan sea tan conservadora, pero que cada año sea la sede del carnaval más liberal. —Martin niega con la cabeza—. Quiero decir, el año pasado había gente caminando desnuda.

—Eso básicamente es la vida aquí. —Me encojo de hombros y miro el punto rojo en mi teléfono—. Es por aquí.

Comenzamos nuestra caminata cuesta arriba y definitivamente me alegro de haber acordado caminar en lugar de conducir. La isla está llena de cerros y curvas, y aunque sólo he tomado una copa, la cabeza me da vueltas.

—¿Qué dice la descripción? —pregunta Martin—. De la casa, quiero decir.

—Solo que se ha transmitido de generación en generación y que el nuevo propietario quiere romper la tradición y vender—. Lo miro.

Básicamente, la clásica historia de la isla Pan.

—Eso he oído. —Él mete las manos en los bolsillos de su chaqueta—. Creo que por eso me sorprendió tanto cuando me dijiste que eras de aquí y te habías ido.

Asiento. El cuento típico de la isla Pan consiste en personas que se casan, viven con sus padres o se mudan a un par de cuadras y heredan sus casas cuando fallecen. Es la razón por la que me sorprendió ver un correo electrónico de la compañía de bienes raíces aquí. El mercado suele estar estancado. La única casa que sé que puedo venderle a un forastero es la de Doña

Erica, y eso es solo porque vivió sola toda su vida y no tuvo hijos. No hay nadie para heredar la propiedad.

Mientras caminamos, hablamos sobre el mercado y la locura por todas las cosas viejas y embrujadas. Martin le cuenta a Dee su vida, ya que él ya me lo había contado en el autobús. Es un banquero de la ciudad que trabaja con los principales clientes bancarios. No quiere dar nombres, pero nos dice que son la crema y nata. Dee y yo no estamos impresionadas. No es que no nos gusten los chismes, pero ya tenemos suficiente de eso en la isla y, definitivamente, mi plan es pasar desapercibida este fin de semana. Estoy tan ocupada escuchándolos hablar de *The Haunt* que casi no me doy cuenta de que el punto rojo deja de moverse.

—Dice que estamos aquí. —Dejo de caminar. Los tres miramos a nuestro alrededor. Puedo oler el océano, aunque no puedo verlo con la niebla. No puedo ver mucho, pero sé que ya no estamos cerca del bar de Dolly.

—¿Qué tan lejos caminamos? —pregunta Martin.

—Tres kilómetros —dice Dee, mirando su reloj de ejercicios.

—Esto es tan extraño. —Camino hacia el letrero de la calle—. Dice que estamos en Dreary Lane.

Dee se queda helada.

—No podemos estar en Dreary Lane.

—¿Por qué? —Martin pregunta con una sonrisa—. ¿Porque la silla del diablo está aquí?

—Ni siquiera menciones eso. —Dee le lanza una mirada—. La última vez que vinimos aquí…

—¿Qué? —Martin está sonriendo ahora—. ¿Te asustaste?

—La última vez que estuve aquí tomé una foto que me dio la carrera que tengo ahora. El comienzo de *The Haunt*, se puede decir.

—Sí, pero solo después de que te sentaste en la silla del diablo y te fuiste llorando —dice Dee.

—¿Qué? —Me río—. No recuerdo eso.

—No puedo imaginar cómo no lo recuerdas. —Dee niega con la cabeza—. Y luego te fuiste de la isla.

—Me echaron de mi casa. —La fulmino con la mirada—. Es muy diferente.

—Da igual, esa silla trae mala suerte. —Ella se estremece—. Me da escalofríos.

—Quizás todos las leyendas urbanas sean ciertas después de todo —reflexiona Martin, mirándome.

—Honestamente, no recuerdo nada de esa noche. —Me muerdo el labio—. Recuerdo haber hecho la maleta. Recuerdo pelear con mi papá, eso fue básicamente todo.

—Tal vez fue todo ese consumo de alcohol, éramos menores de edad —dice Dee.

—Probablemente. —Tomo una respiración profunda—. Voy a buscar la silla, necesito tomar una foto. Sabes que a *The Haunt* le va a encantar esto.

—Ahí tienes toda la razón. —Martin empieza a caminar.

—Bien, pero si experimentas algo extraño, me voy. —Ella entrelaza su brazo con el mío y lo seguimos.

—Oye, ¿es la casa del 999 Dreary Lane donde se supone que debes tomar fotos? —Martin mira por encima del hombro.

Me pongo rígida. Sé esa dirección, pero no puede ser correcta. Esa es la mansión Caliban. Saco mi teléfono de mi bolsillo y leo el siguiente correo electrónico. Dice: *Lo siento, me olvidé por completo de enviar la dirección junto con eso. 999 Dreary Lane. Precio de venta, quince millones de dólares.* Abro los ojos, sorprendida. Lo leo en voz alta para mis amigos, que se quedan sin aliento.

—¿Están vendiendo la mansión Caliban? —pregunta Dee, su voz es un susurro.

—Supongo que no somos los únicos cansados de la tradición —murmuro en voz baja, mirando hacia el lugar donde se supone que está la casa—. ¿Ha bajado la marea? Si es así, deberíamos poder caminar hasta allí, ¿verdad?

—¿Caminar hacia allí? —Martin se burla—. Es una caminata de cinco kilómetros.

—¿Cómo sabes que son cinco?—

—La invitación lo dice. Una camioneta estará esperando a que todos los invitados los lleven a la casa.

Mantengo mis ojos en la dirección de la casa, la isla que está cerca de la costa. Apenas puedo distinguir las puertas de hierro negro, pero sé que están allí. Siempre cubierta de una densa niebla. Tanto así, que los cuentos afirman que allí no hay ninguna casa. La casa que desaparece, la llaman. Hay un sinfín de hilos al respecto no solo en *The Haunt*, sino en todo *Reddit*. Es una mierda, por supuesto, pero también la razón por la que mi foto había valido tanto. Nadie había podido obtener una imagen clara de la casa. Como si tuviera los mismos pensamientos, Dee habla a mi lado.

—¿Cómo se supone que vas a capturar una casa que desaparece?

—No sé.

—No desaparecerá mañana, al menos no durante el resto de la semana —ofrece Martin—. La gala es en dos días. Te lo estoy diciendo. Deberías venir.

—Sí, claro. —Me burlo—. Buena suerte con eso.

—Puedes venir como mi cita.

—¿Pensé que yo era tu cita? —Dee arquea una ceja divertida—. Pero estoy dispuesta a dejar de lado esto por el bien del blog.

—Todos podemos ir —él dice, mirándonos a las dos—. Vamos. No especificaron número de invitados en la invitación.

Mi estómago da un vuelco ante la idea de poner un pie en esa casa. Sé que no soy bienvenida. Los Guzmán nunca lo son. A algunos de mis primos que han trabajado en la casa principal haciendo arreglos y nunca los han recibido bien. Uno de ellos, mi primo más cercano que está creciendo, Esteban, desapareció alrededor de la propiedad una noche. Esa noche. A pesar de que él era unos años mayor que yo, éramos uña y mugre. Él amaba las aventuras, que fue lo que finalmente lo llevó a su desaparición. La policía dijo que se ahogó mientras pescaba. Cuenta la leyenda que, si te ahogas en esas aguas, la mansión Caliban se queda con tu alma. Es un mito tonto que trato de no pensar en eso, de la forma en que trato de no pensar en las cosas más horribles. Meto los malos pensamientos en una caja y la guardo. Es la única forma de mantenerse cuerda.

—La silla del diablo. —El anuncio de Martin me saca de mis pensamientos. Lo miro—. La niebla parece haberse disipado de esta área. Si quieres hacer una foto, ahora es un buen momento.

—Sabes, los ancianos de esta isla hicieron todo lo posible para acabar con esto y no pudieron —digo, caminando hacia ella.

—¿No siempre se vio así? —Él se pone de pie, sacudiéndose el polvo de sus pantalones planchados.

—De ninguna manera. Fue un mausoleo de la familia Caliban. Al menos así es como va la historia —dice Dee—. Los trabajadores estaban hartos de los ricos y decidieron amotinarse y acabar con cualquier cosa que se pareciera a la riqueza. Por supuesto, es difícil derribar la piedra caliza, así que esto se quedó.

—¿Por qué se llama la silla del diablo?

—Parece un trono —respondo.

Lo que queda del mausoleo parece un trono de cal. Si el nombre viene del hecho de que la gente llama demonios a los Caliban porque tienen tanto dinero o si algo más siniestro realmente había debajo de estas calles es solo una cosa más que sirvió para traer turistas curiosos aquí. Tomo algunas fotos antes de volver a colocar la tapa en la lente.

—Está bien, he terminado. —Examino las fotos para asegurarme de que son claras, luego dejo caer la cámara, tirando de la correa cuando el peso de esta golpea la parte posterior de mi cuello.

—¿No te vas a sentar en él? —Martin sonríe—. Nunca publicas fotos tuyas en el sitio. Apuesto a que obtendrías más visitas que cualquier otra cosa si lo haces, y además te sientas en la silla del diablo.

Él me indica que le entregue la cámara. Me quito la correa y se la doy mientras camino hacia las rocas.

—No tienes que hacerlo —dice Dee, con la misma voz que había usado la vez que me atreví a entrar en el sótano oscuro de uno de nuestros amigos.

—Es sólo un montón de rocas, Dee. Estaré bien. —Me siento, Martin toma algunas fotografías y me levanto, sacudiéndome los pantalones. No es tierra, es arena, me doy cuenta. Me doy la vuelta y miro el asiento de nuevo, y luego el resto de las rocas—. Todo está cubierto de arena. ¿Te diste cuenta?

—¿Eso es lo que es? —Martin se acerca y me devuelve la cámara antes de pasar los dedos por el banco y subirla—. Eso es muy interesante. Quiero decir, la playa está a unos cuantos pasos, ¿verdad?

—Sí, pero no es como si el agua llegara hasta aquí —dice Dee.

—¿Cómo podría alguien saberlo? —Martin nos mira a las dos—. Todas las personas con las que he hablado solo me dicen que me mantenga lejos de esta área por la noche.

Los tres giramos nuestra atención a nuestra izquierda, donde se supone que debe estar el agua. Normalmente, se pueden escuchar las olas a la distancia, pero no esta noche. Todo está tranquilo y nada tranquilizador.

—Supongo que tendrás que volver mañana para las fotos de la casa —dice Martin.

—Sí. No puedo ver nada.

—Puedo ver las puertas ahora —chilla Dee. Miro más de cerca, no puedo ver nada.

—El informe meteorológico dice que estará despejado en los próximos dos días —agrega Martin mientras giramos y nos dirigimos en la dirección de donde veníamos.

Estamos casi en el bar de Dolly cuando todo se oscurece, todas las luces de la calle se apagan con un tintineo exactamente al mismo tiempo. Dee gime.

—¿Se apagaron las luces en toda la isla ? —pregunta Martin.

—Sí, eso es lo que sucede cuando estás por encima de la capacidad con la gente —dice Dee.

—¿Están bien, pueden ver? —pregunto.

—No. —Dejo de caminar.

Entre la repentina oscuridad y la densa niebla, no puedo ver nada. Me pica la piel. Siento como si alguien me estuviera mirando, acechando en las sombras, debajo de la niebla. Me doy la vuelta, pero está demasiado oscuro para distinguir algo. De alguna manera, sé que hay alguien allí.

—¿Hola? —grito—. ¿Chicos?

—¿Dónde estás? —pregunta Dee, pero suena más lejos de lo que estaba hace un segundo.

Camino hacia adelante, decidida a llegar al bar de Dolly. Seguramente todos estarán afuera acurrucados juntos. El viento se levanta levemente, haciendo un aullido bajo mientras me pasa el cabello por la cara. Cuando se detiene, parpadeo y me doy cuenta de que he vuelto al punto de partida. Desde aquí puedo ver la silla del diablo, las puertas de hierro negro que impiden que la gente entre al agua y llegue a la mansión Caliban. Me estremezco, dándome la vuelta por completo. Una vez más, me siento como si me observaran.

—¿Hola? —Llamo de nuevo—. ¿Quién está ahí?

—Te he estado esperando. —La voz masculina es profunda y tranquilizadora.

—¿Dónde estás? —Mi corazón se acelera mientras parpadeo, mirando a mi alrededor—. ¿Quién eres tú?

—Tú sabes quién soy.

—No lo sé.

—Estás asustada. —Puedo escuchar la diversión en su voz. Hace que mi corazón lata un poco más rápido.

—¿Quién eres tú? ¿Qué quieres?

—Pensé que las buenas brujas no sentían miedo. Pensé que las buenas brujas caminan a la luz, donde no hay nada que temer.

—No soy una bruja.

—¿Estás segura de eso, brujita?

—Yo *no* soy una bruja. —Mis ojos se entrecierran levemente. Trato de encontrarlo, pero no puedo. Intento hablar de nuevo, pero descubro que tampoco puedo hacerlo. Cuando finalmente encuentro mi voz, grito—: Déjame en paz.

Como si lo ordenara, las luces de la calle se encienden todas a la vez. Miro a mi alrededor rápidamente, pero no hay nadie allí. No hay rastro de un hombre, de nadie. Tan rápido como apareció, él se fue y yo me quedo frente a la calle que conduce al bar de Dolly. Empiezo a correr, mi corazón late con fuerza, las manos me sudan. Cuando llego allí, veo a Dee y corro hacia ella y Martin.

—¿Dónde estabas? —Ella pregunta—. ¿Estás bien?

Niego con la cabeza.

—No lo sé, necesito irme.

—¿Quieres tomar algo? —pregunta Martin.

Niego con la cabeza de nuevo.

—Estoy cansada. Creo que todo me golpeó de una vez, quiero irme a casa.

—Okey. —El ceño de Dee se profundiza—. Envíame un mensaje de texto cuando llegues.

—Cuenta con ello. —Les doy a cada uno un beso en la mejilla y me doy la vuelta, pero dejo de caminar cuando algo en la colina me llama la atención.

—Eh. —Esa es Dee, detrás de mí—. No creo que haya visto una luz encendida en la mansión Caliban tan claramente desde aquí.

—Eso es extraño —dice Martin.

—Es extraño —digo, temblando incontrolablemente—. Los veré mañana.

Mientras me alejo y me dirijo a casa, no puedo dejar de pensar en eso. ¿Qué me ha pasado? ¿A quién había visto? No puedo estar segura, pero tengo demasiadas cosas en mi plato de las que preocuparme en este momento. Aun así, no puedo negar que algo acerca de esa luz, esa colina, esa silla, parece llamarme y necesito averiguar por qué.

CAPÍTULO TRES

La evidencia de que mi padre era un fumador empedernido permanece por toda la casa mucho después de su partida. No puedo respirar sin pensar en él. Fumar es algo terrible, por supuesto. Para los pulmones, para los pulmones de otros, pero a pesar de que luego desarrollé una alergia, nunca me importó cuando papi lo hacía. Era parte de él, como yo lo soy. Mientras me siento en el sofá, es el olor del humo del cigarrillo impregnado al sofá lo que me hace romper a llorar, porque finalmente me doy cuenta de que nunca lo volveré a ver. Nunca tendré la oportunidad de redimirme ante sus ojos. Eso último es lo que más me duele. He trabajado duro porque necesitaba dinero para vivir, pero sobre todo quería enorgullecer a mi padre, ¿y de qué? Él nunca había llamado.

Escucho voces provenientes de la habitación de mi madre, la enfermera que la cuida está viendo una telenovela. Entierro mi rostro en mis manos, todavía tengo que hacer las paces con ella, aunque no estoy segura de poder hacerlo, me conozco y la conozco a ella. Las dos somos tercas como cabras. Mi padre también era así, pero mi madre es peor en las cosas. Juzgadora. Unilateral. Después de sentarme allí por un rato, mirando la televisión frente a mí, pero sin prestar atención a lo que realmente se está reproduciendo, acerco mi computadora a mi regazo y subo las fotos de La silla del diablo que había tomado. Debo haberme quedado dormida en algún momento, después de leer algunos de los foros de Reddit al respecto, porque cuando vuelvo a abrir los ojos ya es de mañana.

<div align="center">~~~</div>

—No subas el pie a mi sofá. —Esa es Wela. Obedezco, apago la televisión y me levanto para llevar mi cuenco de Lucky Charms a medio comer a la cocina.

—No entiendo por qué no pudiste esperar y desayunar conmigo hoy. Te iba a hacer mangú y queso frito. —Ella sacude su cabeza—. No hemos comido juntas en mucho tiempo.

Se acerca a mí y me aprieta en un abrazo.

—Veo que estás vestida, así que supongo que eso significa que debes irte.

—Lo hago, pero estaré de regreso para la cena y comeremos juntas. —Beso su cabello rizado—. Lo prometo.

—Más te vale. —Ella se aparta y empieza a sacar cosas para el desayuno que va a preparar—. El carnaval comienza esta noche.

—Lo sé.

—¿No vas a participar en las festividades?

—Papi está muerto y Mami está, bueno, así. —Señalo hacia su habitación—. ¿Cómo puedo celebrar algo?

—Nueva vida, mi amor. Eso es lo que es el carnaval, después de todo. El hecho de que tu padre muriera la semana de esta celebración es algo bueno. Su alma será recibida por los ángeles y vivirá en la luz.

—Ya veremos. —Me muerdo el labio. No creo mucho en los ángeles, pero es solo una cosa en la larga lista de cosas en las que mi abuela y yo no estamos de acuerdo y no quiero mencionarlo ahora. Agarro la bolsa de mi cámara y la pongo alrededor de mi cuello, decidiendo no hacerlo—. Te veré esta noche.

—Pensé que ibas a salir con esos amigos tuyos sinvergüenzas. —Ella mira la cámara—. ¿Vas a trabajar?

—Sí.

—¿Alguien está vendiendo su casa aquí?

—Aparentemente.

—¿Quién?

—No conocemos a todos en la isla, Wela.

—A ver, haz el intento. —Ella me lanza una mirada—. ¿Cuál es su apellido?

—No estoy al tanto de ese tipo de información. —Sonrío ampliamente y me alejo rápidamente—. ¡Hasta luego!

—Ten cuidado con esa Vespa. Ha habido más accidentes en estos dos últimos años que antes —ella grita.

—Eso es porque los turistas no saben cómo conducir aquí.

—¡Ten cuidado con esos turistas!

—Lo haré. —Me pongo el casco y me siento en mi Vespa, conduciéndola fuera del vecindario y saludando a algunos vecinos.

Pienso en mi madre, a quien debería haber ido a ver esta mañana. ¿Y si ella muriera antes de que yo tuviera la oportunidad de despedirme? El pensamiento hace que mi pecho se apriete. Eso no sucederá. Ella sobrevivirá. Ella sobrevivirá y nos perdonáremos y repararemos nuestra relación dañada. Eso es lo que va a pasar. Cabalgo hacia la isla Dolos con ese pensamiento en mente.

~~~

Wela no bromeaba con los turistas. Hay Vespa alquiladas por todas partes y la mayoría de las personas que van en no tienen ni idea de cómo manejar una. Contengo la respiración cuando la luz se pone verde, Dios, espero que nadie choque conmigo. Las calles están llenas de tanta gente que me veo obligada a quedarme
~~~

a la friolera de diez millas por hora por miedo a golpear a alguien. Las celebraciones claramente comenzaron temprano, con gente saliendo de los bares, riendo y contando sus interpretaciones de todas las historias de terror a las que la isla Pan ha sobrevivido. Los fragmentos que había escuchado en las señales de alto y los semáforos en rojo son suficientes para convencerme de no participar en esta celebración. El carnaval es algo que me pareció divertido cuando era niña, ya que podía pintarme la cara y disfrazarme. Es una celebración local. En el momento en que los políticos abrieron los puertos y permitieron el turismo, se convirtió en otra cosa. También fue entonces cuando mis padres me prohibieron ir porque pensaban que era demasiado peligroso. No conocíamos a los extranjeros ni sabíamos cuáles eran sus intenciones. No llegué a experimentarlo cuando era adolescente o adulto, que fue la única razón por la que una pequeña parte de mí tiene curiosidad al respecto.

A medida que me acerco a las puertas de hierro, disminuyo la velocidad. La cantidad de turistas en este lado de la isla es casi inimaginable. Siempre ha sido una atracción, incluso cuando era una niña, pero en ese entonces tal vez había un puñado de personas con cámaras tratando de obtener evidencia de la supuesta casa desaparecida. Sin embargo, nadie podría pasar las puertas de hierro, e incluso si lo hicieran, solo caminarían unos pocos pasos antes de llegar al agua. Se dice que la casa está a ocho kilómetros más allá de las puertas. Una parte está cubierta de arena oscura, el resto es el océano y luego, finalmente, la mansión. Nunca había visto el agua ni me había subido a un barco. Es extraño, de verdad, tengo una fotografía de la casa que no recuerdo haber tomado, pero ese día no había agua, no había niebla. Es como si la oscuridad se disipara en el momento preciso en que tomé la foto y luego cae sobre mí de nuevo. Estaciono mi Vespa y miro a mi alrededor mientras me quito el casco y lo guardo. Todo el mundo habla de la mansión Caliban y del agua que la rodea. Algunos están tratando de averiguar cómo llegarían allí, si es que se atreven. Otros hablan sobre el calentamiento global y lo que eso podría significar para la casa. Casi me siento mal por los Caliban por no tener privacidad.

Casi.

La marea alta suele ser una barrera entre la silla del diablo y la casa. Incluso si alguien quisiera cruzarlo, no puede hacerlo, tendrían que ir en bote, como dicen algunos, y los que navegan a menudo nunca se volvieron a ver. Pienso en Esteban en esa agua oscura y me estremezco. Unas cuantas noches al año, como esta noche y mañana, la marea estará tan baja que casi no existe. En noches como estas, nunca sabrías que hay un océano entre ellos y nosotros. Cuanto más me acerco a las puertas de hierro negro, más claro se vuelve que hoy tampoco será un buen día para las fotos. La niebla está clara, pero todavía está allí, y aunque sé que eso podría aumentar la belleza de las tomas, no estoy segura de cómo demonios me dejarán entrar y mantener a todos los demás a raya.

Tomo algunas fotos de la puerta, de la vista de la calle, pensando que tendré que retocarlas para eliminar a todas las personas que salen en ellas, y luego miro a mi izquierda y trago al ver La silla del diablo. Hay una fila de personas esperando ser fotografiadas en ella. Una línea de idiotas. Mientras examino las fotos en la pequeña pantalla de mi cámara, escucho el inconfundible sonido de pasos en la arena mojada. Me giro y veo a un hombre acercándose a mí. Un hombre vestido con pantalones oscuros y una chaqueta ligera oscura. A primera vista, mi corazón se hunde un poco. Tiene la mandíbula cincelada y la cabeza llena de cabello con raya a un lado, como una vieja estrella de cine de Hollywood, y luego me mira poniendo el peso de su atención en mí, y pienso que yo podría dejar de respirar por completo. Él es hermoso, guapo, irreal. Se detiene al otro lado de la puerta y trae una llave para abrir la cerradura.

—Te he estado esperando —él dice, y su voz, un gruñido bajo y sexy, vibra a través de mí. Me toma un segundo darme cuenta de lo que acaba de decir.

—¿Qué acabas de decir? —Doy un paso atrás, afligida.

—Te he estado esperando. —Él arquea una ceja—. Estás aquí para tomar fotos de la casa, ¿no es así? ¿La empresa de bienes raíces te envió?

—Sí. —Me aclaro la garganta—. Lo siento. He estado distraída desde que llegué.

Le lanzo una sonrisa temblorosa.

—¿Entonces, puedo pasar?

—De hecho, ahora mismo no puedo. —Él abre la puerta lo suficiente como para salir y la cierra detrás de él—. Necesito encontrarme con alguien en la ciudad.

—Oh. —Frunzo el ceño y miro en dirección a la casa, o donde estaba la casa, millas más abajo—. ¿No puede alguien más acompañarme mientras tomo las fotos?

—Me temo que no.

—¿Cómo se supone que debo hacer mi trabajo?

—Esa es una buena pregunta. —Él me señala y se aleja de mí, caminando hacia la ciudad. Me quedo absorta en mis pensamientos por un segundo antes de seguirlo.

—Esto… Oye. —Corro hacia él y me detengo en seco cuando deja de caminar—. No entendí tu nombre.

—River. —Él se gira hacia mí. Es mucho más alto que yo, incluso con mis botas de plataforma, tengo que inclinar la cabeza para mirarlo a la cara—. River Caliban.

—¿Caliban? —Parpadeo, viéndolo como una tonta—. ¿Eres un Caliban?

—Así es. —Sus ojos brillan—. ¿Por qué no vuelves después de la fiesta? Seguirá despejado y la casa estará de mejor humor para entonces.

—¿De mejor humor?

¿Qué significa eso?

—Eso es correcto, señorita Guzmán.

—Tú sabes quién soy.

—Por supuesto que sé quién eres. ¿Crees que simplemente dejaría que un extraño entrar a mi casa a tomar fotos? —Por la forma en que sus ojos se clavan en los míos, sé exactamente lo que está insinuando y como no tengo forma de defender el hecho de que había tomado una foto de su casa, la había publicado y me había beneficiado de ella, me quedo callada y me muerdo la lengua.

—Supongo que volveré entonces. ¿La gala es mañana por la noche?

—Es en dos días. Las festividades del carnaval comienzan mañana por la noche.

—Correcto. ¿Quieres que vuelva en tres días?

—Sí, eso debería estar bien. —Él asiente—. Nos vemos pronto.

—Sí. —Asiento lentamente, mirándolo irse y viendo la forma en que cada cabeza gira en su dirección mientras camina. Me pregunto si saben quién es o si solo lo están mirando porque es imposible no hacerlo.

Cierro la lente de mi cámara y la guardo en mi bolso, me doy la vuelta y comienzo a caminar de regreso a mi Vespa. La niebla es más oscura ahora, más densa, aunque todavía puedo escuchar a los turistas hablando a mi alrededor, no puedo verlos. De repente, escucho un susurro. Mi corazón golpea contra mi pecho. No otra vez. No es una repetición de anoche. Camino más rápido.

—Penelope —dice alguien—. Penelope.

Es una voz familiar. Una que no había escuchado en años y no quiero hacer una pausa por ahora. Acelero el paso hasta trotar y luego correr hasta que llego a mi Vespa. Ni siquiera me pongo el casco antes de empezar a conducir.

—Vuelve, Penelope. —El susurro es más fuerte ahora, un gruñido rabioso.

Golpeo el descanso. Mi cuerpo se mueve hacia adelante cuando la parte trasera de la Vespa se eleva en el aire por su fuerza. Miro hacia atrás. La niebla está bajando, serpenteando hacia la calle, cubriendo el camino adoquinado que apenas era visible para mí hace unos segundos. Agarro el manillar con más fuerza y doy la vuelta a la Vespa, iluminando la dirección de donde vino la voz, mi corazón se acelera mientras espero cualquier señal de Esteban. Él está muerto. Sé que no hay forma de que él salga de la niebla. No hay manera. Y, sin embargo, escucho su voz clara como el día, gritando mi nombre.

Los gritos detrás de mí se hacen más fuertes y miro por encima del hombro para ver que las festividades se están derramando en Dreary Lane, la gente tiene cámaras apuntando en dirección a la mansión Caliban. La multitud corre hacia las puertas, arremolinándose alrededor de mi Vespa como si fuera el Festival de Pamplona y no el carnaval de la isla Pan. Tengo un pie en el suelo y el otro en el reposapiés para mantener el equilibrio mientras el adoquín debajo de mí tiembla. Cada vez más personas cargan hacia las puertas como si estuvieran en una cacería de brujas, pero todas sonríen, ríen, bailan disfrazadas y parecen detenerse tan pronto como llegan. Cierro los ojos con fuerza mientras el caos continúa.

—Penny. —Escucho de nuevo la voz de Esteban.

Abro los ojos, medio esperando encontrarlo parado frente a mí. No lo está. Aun así, mi mirada permanece fija en la multitud frente a mí, los que están en la fila esperando para tomar una foto en la Silla del Diablo. Es como si algo me estuviera reteniendo allí, mirando, esperando.

—Déjame en paz. —Grito, me doy cuenta, y lo digo de nuevo—: Déjame en paz.

Y así, puedo moverme de nuevo.

CAPÍTULO CUATRO

—¿Wela, cómo empezó el carnaval? —pregunto comiendo un plato de arroz blanco y frijoles rojos.

—Cómo comenzó… Dios, fue hace tanto tiempo que apenas recuerdo la historia. Fue el año en que reclamamos nuestra libertad de España. Supongo que eso fue todo. Una celebración. —Sus cejas se arquean mientras mira afuera—. Sabes, solía odiar todo este turismo, pero ahora me gusta.

Sigo lo que está mirando. Hay un grupo de turistas siguiendo a un guía. Algunos toman fotografías, otros simplemente admiran la casa en la que estamos. Me pregunto hasta dónde llegaría la lección de historia.

¿Les dirían cómo los Caliban intentaron apoderarse de la isla y cómo se defendió mi tatarabuelo?

¿Cómo les fue a todos?

—Sé que a los vecinos les resulta invasivo —dice Wela después de un momento de silencio—. pero es bueno saber que estas casas vivirán en algo más que en sus recuerdos.

—¿Te acuerdas de esa noche —comienzo—. cuando papi me dijo que empacara mis cosas y me fuera?

—Por supuesto. —Wela se encuentra con mi mirada—. Fue horrible. ¿Te acuerdas de esa noche?

—Pedazos y fragmentos. Me dijiste que los Caliban fueron responsables de lo que sucedió.

—Por supuesto que sí. —Sus ojos se entrecierran mientras niega con la cabeza—. Son adoradores del diablo.

—¿Cómo sabes que lo son?

—Porque conozco la historia de esta isla. —Ella arquea una ceja.

—Es que… Es que siento que adorando al diablo y esas cosas y la silla del diablo y la casa que desaparece… son puras leyendas urbanas.

—Sabía que dirías algo así. —Ella sacude su cabeza—. Crees que la Biblia en sí es una serie de historias compuestas por hombres que querían asegurarse de que todos estuviéramos controlados.

—No quiero discutir la Biblia o discutir sobre nuestras creencias religiosas, Wela.

Lamento el día en que incluso mencioné el tema de la religión en esta casa. No es como si no supiera nada mejor. Ella es una católica devota, que va a misa los domingos, reza el rosario y se arrodilla cada vez que alguien que conoce está enfermo. Incluso se las había arreglado para conseguir un poco de agua bendita de Roma, bendecida por el propio Papa, y me despidió con ella cuando dejé esta casa hace tantos años. Wela no fue a quien le planteó preguntas sobre la fe. No, a menos que quieras que ella llame al sacerdote que tiene en la marcación rápida para que pueda realizar una oración de emergencia sobre tu frente por si acaso.

—¿Por qué mencionas a los Caliban? —Ella se chupa los dientes y me mira de nuevo.

—Me preguntaba por qué dijiste lo que dijiste. —Me encojo de hombros—. Eso es todo.

—Esa gente. Esa casa… —Wela niega con la cabeza con un suspiro—. Es una lástima que vivan allí. Es el único lugar donde podemos conseguir lo que curaría a tu madre.

Ella mira en dirección a las habitaciones.

—¿Qué quieres decir? ¿Qué cura?

—Hay un árbol en la propiedad que florece todos los años durante el carnaval. —Ella me lanza una mirada mordaz—. Me preguntaste por qué celebramos. Esta es la razón por la que lo hacemos. Se dice que ese árbol tiene poderes mágicos. Algunos lo llaman magia. Nosotros lo llamamos fe. Se dice que fue traído aquí desde Jerusalén. Plantado allí mismo, cuando el océano aún no se había enojado con su entorno, con sus habitantes.

—¿Entonces el árbol solo tiene hojas ahora? —Me inclino hacia adelante.

—Nada más florece una vez al año, durante una semana.

—¿Lo has visto alguna vez?

—Verlo significaría cruzar las puertas de hierro. —Ella sacude su cabeza—. Mi madre lo vio cuando mi padre trabajaba allí. La curó de su sufrimiento. Las pocas hojas que tenía se usaron para ayudar a los necesitados y el resto se secó.

—¿Por qué no todos han intentado cruzar esas puertas?

—¿Quién dice que no? —Ella frunce los labios—. Mira lo que le pasó a Esteban.

—Ah, sí. —Asiento, luego frunzo el ceño—. Pero la tía Julia está viva.

—Sabes lo que dicen de la isla. Toma una vida y da otra vida.

Me reclino en mi asiento.

—¿Ella cree eso?

—Por supuesto que sí. ¿Por qué crees que se ha convertido en ermitaña? Solía salir, siempre vestía a la última moda, se pintaba los labios de rojo y luego… nada.

—Bueno, su hijo murió. No puedo imaginarla volviendo a la vida normal después de que sucedió algo así.

—Fue más que eso. Fueron los Caliban. —Ella se gira hacia la ventana de nuevo—. Esas hojas, como dije, son hojas curativas. En el caso de tu madre, se lo daría en un té. Mi madre solía hacer pociones con las hojas y se las vendía a personas que querían olvidar cosas.

—¿Olvidar, que?

—Cargas de su trauma, no tenemos por qué andar metiéndonos en esos asuntos.

Eso significa suyo y de todas sus antepasadas, las mujeres que nacieron antes que ella. Los extranjeros las llamaban curanderas, los lugareños las llamaban brujas. No viene con el contexto negativo que esa palabra a menudo conlleva. Mi abuela había ayudado a mucha gente. Su madre ayudó aún más, pero eso fue antes de que tuviéramos médicos, enfermeras y hospitales. Aun así, muchas personas siguen visitando nuestra casa para buscar tratamiento cuando no tienen opciones. Fue algo que Wela le transmitió a mi madre y ahí fue donde se detuvo. Tal vez si no me hubieran echado de la casa y me hubiera ido de la isla, yo hubiera seguido el mismo linaje de trabajo. Tal vez si no hubiera encontrado suerte y una manera de ganarme la vida a mi manera. Quizás, pero probablemente no, porque a diferencia de mi madre, la suya y la suya, yo cuestiono todo.

—¿Entonces, qué significa la muerte de Papi? —pregunto después de un momento—. No tiene sentido. Mami está realmente enferma y papi murió. ¿No debería ella estar bien? ¿Qué dice el doctor? ¿Lo has llamado siquiera o has estado obrando milagros en ella en lugar de escuchar ciencia?

—Por supuesto que ha sido atendida por un médico. No ha encontrado nada. Dijo que es probable que esté deprimida por lo que ha pasado.

—Entonces ella no está enferma, no realmente. ¿Cómo la ayudaría alguna de esas hojas?

—Como dije, curan todas las heridas, físicas, mentales, todo.

—Todo esto es un cuento, no estamos en el siglo XVII. Si está teniendo una crisis psiquiátrica, debería estar en un hospital.

Mi abuela frunce los labios.

—Hay una enfermera que la atiende las veinticuatro horas. Lo sabrías si te molestaras en poner un pie en su habitación.

—No es justo. —Siento una oleada de ira arrastrándose por mi cuello.

—A la vida no le importa la justicia. Vivimos, sufrimos, morimos. —Ella encuentra mi mirada—. Se te ha concedido más que a la mayoría. Más que a todos nosotros. Has tenido paz, salud y felicidad. Has tenido libertad. ¿Y te sientas aquí a hablar de justicia?

Muerdo mi lengua, incapaz de evitar que mis ojos ardan. Odio cuando me sermonean, pero ella es muy buena en eso, se lo concederé. Las dos nos quedamos calladas por un momento, respectivamente preparándonos.

—En cuanto al significado detrás de la muerte de tu padre —dice—. No sé. Mi teoría es que la isla te quería de vuelta.

—¿Qué? —Dejo de respirar—. ¿A mí?

—Creo que esa fue la razón de la muerte de tu padre. —Su mirada busca la mía, como si quisiera sacarme algún tipo de confirmación que no tengo—. Creo que tiene asuntos pendientes contigo y no sé qué son, pero mi intuición dice que negociaste con el diablo la noche que te sentaste en su silla y ahora te ha traído de vuelta para cobrarlo.

—¿Viste eso en tu té? —Echo un vistazo a la taza a su lado.

—Quizás. No es que lo creas si lo hiciera.

—Es un poco difícil no cuestionar eso. Una isla no es una persona. Es posible que no necesite nada de mí.

—Una isla es un pedazo de tierra como cualquier otro. Todos nuestros antepasados descansan bajo nuestros pies. ¿No crees que tienen poder?

—Si lo tienen, ¿por qué dejarían que mi padre muriera así? Y mi madre… —Niego con la cabeza, levantándome de la mesa, con el corazón latiendo con fuerza—. No creo en la brujería y lo sabes.

—Lo que hago con este té no es brujería, Penelope. Tú lo sabes tan bien como yo. Soy católica, después de todo.

—Ya no sé lo que ustedes creen. —Comienzo a recoger los platos y llevarlos al área del fregadero.

—Deja los platos.

—Los voy a poner aquí.

Necesito algo que hacer. Alguien los lavará. Ni yo ni Wela, sino uno de los miembros del personal. Recoger mi propio plato y lavarlo es algo que no empecé a hacer hasta después de dejar la isla. Yo era una malcriada cuando vivía aquí, con mis niñeras y gente alrededor esperando para servir. Tampoco es una gran tarea. Incluso mis sirvientas tenían sirvientas y mis niñeras tenían niñeras. Normalmente, me tomaría un momento para ir a verlas, pero había decidido que en este viaje no voy a atarme a nadie. Estoy aquí para despedirme, mi último adiós.

—Déjame leer tu té— ella dice.

—No. —Dejo lo que estoy haciendo y la miro—. Sabes que eso me incomoda.

—La inquietud es un reflejo del estado de tu espíritu.

—Mi espíritu está bien, muchas gracias. —Cruzo los brazos, apoyándome en la encimera de la cocina.

—Tu espíritu está atado a esta isla y la isla ha estado inquieta desde hace algún tiempo. Quizás por eso tuviste que volver. Quizás estés aquí para conseguir esas hojas y curar a tu madre. Para corregir un error.

La piel de mis brazos se me pone de gallina.

—¿Y si me muero en el intento, como Esteban?

—No lo harás.

—¿Qué pasa si tengo éxito y alguien más muere? —Me lamo los labios—. Dijiste que da una vida y te quita una.

—Ese es un precio que tienes que estar dispuesta a pagar para salvar a tu madre.

Trago y aparto la mirada. Cuando vuelvo a mirar a mi abuela, ella está girando lentamente un platillo de té en su mano. No quiero saber qué ve en él, así que me pongo de pie y comienzo a caminar fuera de la cocina.

—Voy a ver a mi madre. —Camino hasta su habitación en el segundo piso, la anticipación se arremolina dentro de mí con cada paso que doy. Respiro hondo y abro la puerta, el suave zumbido de la unidad de aire acondicionado de la habitación me saluda. Hay una joven enfermera vestida con una bata rosa que se pone de pie cuando me ve.

—Señorita Guzmán. —Ella sonríe—. Dejaré que la visite, vuelvo enseguida.

Le enfermera sale de la habitación.

La habitación de mis padres tiene dos áreas para sentarse y dos vestidores. Me tomo mi tiempo para pasar junto a ellos antes de acercarme a la cama de mi madre. No sé lo que espero ver, pero lo que encuentro no es eso. Ella se ve tranquila acostada, su piel dorada oscura contrasta con el edredón blanco. Su rizado cabello oscuro está recogido en una coleta alta. Me pregunto cómo lo ha permitido mi Wela. Mi madre siempre llevaba el cabello suelto, por lo general se lo arreglaba con secador para combinar con su maquillaje y vestidos elegantes. Mi corazón se aprieta al pensar en su vida antes de esto y cómo sería cuando finalmente se recupere. Acerco una de las sillas para sentarme al lado de su mano y suspiro, preguntándome si la pesadez que siento por dentro alguna vez desaparecerá.

La última vez que la vi, ella estaba tan enojada que no me defendió. Tan enojada que había dejado que mi padre me ridiculizara y aún más enojada cuando finalmente hablé con ella y ella actuó como si todo fuera mi culpa. Esa noche es tan borrosa, pero la recuerdo mucho. Recuerdo haber llorado mientras empacaba mis maletas, llorando más fuerte cuando me di cuenta de que mi padre no estaba bromeando, tenía que salir de su casa, y lo hice, aunque una parte de mí esperaba que me llamara y se disculpara, pidiéndome que regresara. Él nunca lo hizo. Solo podía asumir que él no lo lamentaba. Mi madre, por otro lado, sí llamó. Ella nunca me pidió que volviera a casa, pero insinuó que debería visitarla. Ojalá yo lo hubiera hecho, pero en retrospectiva fue 20/20. Mami se remueve en la cama. Me inclino hacia adelante mientras sus ojos se abren lentamente, adaptándose a la habitación, a mi cara.

—¿Penelope?

—Mami. —Agarro su mano, el dolor de todo, la pérdida de mi padre, de mi relación con él, con ella, finalmente se derrumba sobre mí. No puedo detener las lágrimas que vienen—. Lo siento.

—Penny —gime.

—Sí, mami, estoy aquí. —Aprieto su mano.

—No deberías estar aquí. —Ella sacude su cabeza. Su voz ya está ronca, pero lo repite de nuevo, esta vez un susurro áspero—: No deberías estar aquí.

—Yo… tenía que venir a verte. —Trago, usando mi otra mano para secar mis lágrimas. Wela dijo que no le había contado a mi madre sobre la muerte de mi padre para no retrasar su recuperación.

—No deberías estar aquí.

—Está bien —le digo—. Ahora está bien.

—Tienes que salir de la isla.

Suspiro profundamente. Realmente no está lúcida y me rompe el corazón.

—Te llevarán, Penny. No dejes que te lleven —ella susurra, mientras las lágrimas ruedan por su rostro.

—Creo que ella necesita descansar, señorita Penny. —Esa es la enfermera, de regreso de su breve descanso.

—¿Ella ha estado así? —Suelto la mano de mi madre y me paro mientras la enfermera se acerca y toca la bolsa intravenosa, inyectando la aguja en uno de los accesorios.

—Ella entra y sale

—P... Penny. —Dice Mami en un susurro mientras cierra los ojos—. Vete, por favor vete.

—No le haga caso, señorita. No es ella misma en este momento —dice la enfermera—. Esto es completamente normal en una crisis. Ella ha pasado por mucho.

Asiento, pero un doloroso sollozo sale de mi pecho. No he visto a mi madre en seis años y la primera vez que la veo, está postrada en cama y me dice que me vaya. Trato de tragar más allá del nudo en mi garganta, pero no puedo. No he llorado en tanto tiempo, pero esto parece demasiado. Después de estar inactiva por un momento, dejo la habitación de mi madre y voy a la mía. Agarro mi bolso y empaco las pocas cosas que he desempacado.

—Me voy a quedar con Dee —le digo a mi abuela.

—¿Por qué harías eso? Esta es tu casa.

—Mami dijo que debería irme. —Me muerdo el labio, pero es inútil. Las lágrimas pinchan mis ojos y corren por mis mejillas—. La primera vez que la veo en años y me dice que me vaya.

El ceño de Wela se profundiza.

—¿Ella te dijo qué?

—Está bien. —Trago saliva—. Quiero decir, no está bien, pero encontraré algo.

—Ella no está en su estado correcto —dice Wela, su voz baja, sus ojos marrones compasivos.

—Lo sé. —Trago saliva—. Lo sé, pero no lo hace más fácil.

—Ella no se equivoca con esta isla. Mira lo que les pasó a tus padres no fue un accidente.

—Vi el vídeo. Fue un accidente total.

—Si vieras el video, sabrías que el accidente no mató a tu padre, Penny. Él salió de ese avión. Su corazón se rindió después.

—Por el accidente.

—Ambos salieron ilesos de ese avión. No fue hasta que regresaron a la isla que las cosas empezaron a suceder y no fue hasta que llegaste aquí para presentar tus respetos a tu padre que la salud de tu madre empeoró.

—Entonces estás diciendo que esto es culpa mía. —Pongo una mano en mi corazón y doy un paso atrás.

—No es tu culpa. Es la maldición. —Ella baja la mirada—. Esta maldición será el fin de todos nosotros.

—No creo en maldiciones.

—Puedes cambiar tu tono sobre eso si decides quedarte más tiempo.

Con esas palabras, agarro mi bolso y salgo de la casa.

CAPÍTULO CINCO

—Quiero decir, no puedes culparlos por estar preocupados. —Dee me lanza una mirada comprensiva.

Estoy sentada en su tocador mientras José, un maquillador magistral, trabaja en su look para el inicio del carnaval de esta noche. El tema de este año es el Cisne Negro y tengo que asumir que la mayoría de la gente usará maquillaje oscuro y tutús. Dee lleva un tutú negro corto, sandalias de Alexander McQueen muy altas y un bralette negro de encaje. Ella se ve sexy y después de que José termine con el maquillaje oscuro, se verá aún más. Todavía no he decidido si voy a ir, lo que significa que no lo haré. No tengo nada que ponerme, aunque quisiera y es demasiado tarde para ir de compras.

—Tal vez ella tenga razón sobre la maldición —dice José, mirándome por encima del hombro—. Después de la vida que he vivido, creo en ella.

—Yo no. —Frunzo mis labios—. Ella básicamente hizo que pareciera que yo era responsable de todo esto.

—Creo que ella solo está preocupada por tu seguridad. Ya sabes cómo pueden ser los mayores —dice Dee con un suspiro cuando José se aparta para ir por unas pestañas postizas—. Tú… Quédate aquí, ven esta noche al carnaval. Te prometo que será divertido y no te arrepentirás.

—Ni siquiera tengo nada que ponerme.

—Eso es lo de menos. —Gira la cara hacia José mientras habla—. José puede maquillarte y te traeré algo del armario de Xiomara. De todos modos, ella se escapó a Nueva York. No es que le haga falta algo de lo que dejó atrás. Apuesto a que tiene algunos disfraces viejos.

—No sé sobre disfraces, pero ella tiene esa hermosa falda de plumas y un top corto —dice José—. Nunca lo usó.

—¿El que da vibraciones entre The Crow y Cruel Intentions?

—¡Ese! —José se pone de pie—. Ella lo dejó, iré a buscarlo, Pen. No te preocupes, te dejaremos luciendo como la reina del baile.

—Pensé que no hacían esas cosas aquí, lo de reinas y todo eso. —Sonrío.

—No lo hacen —dice José mientras sale de la habitación.

—Conoces el patriarcado y su mierda. —Dee pone los ojos en blanco.

Me encojo de hombros. No es nada nuevo, y no es como si fuéramos las únicas atrapadas en esa mierda.

—Sabía que lo había visto allí. —José regresa a la habitación con una prenda de vestir en cada mano—. Falda y corpiño.

—Eso es un sostén. —Parpadeo—. Mi abuela me retorcería el cuello si me viera en eso.

—Ella no va a estar allí —dice Dee riendo.

—Actúas como si ella no supiera todo lo que sucede y lo que todos están usando antes del desayuno de mañana. —Miro la ropa mientras José se acerca y toca las plumas negras que parecen mojadas. El material es brillante, casi como un cuero de dominatrix. Lo imagino en mí: podría usar unos pantaloncillos cortos debajo de la falda. Las plumas me tocan muy por encima de las rodillas. El corpiño levantaría mis pequeños pechos. Podría usar un collar grueso y una pulsera de oro.

—Mírate. Estás salivando. —José se ríe entre dientes y luego mira a Dee—. Ella por supuesto que lo va a usar.

—Por supuesto que me lo voy a poner. —No tiene sentido negarlo—. Pero voy a necesitar que me maquilles.

—Chica, voy a maquillarte y tenemos que hacer algo con ese cabello. Ese moño desordenado es sexy, pero no para el carnaval.

—Haz lo que quieras conmigo. —Abro mis brazos—. Estoy dispuesta a ser tu proyecto favorito.

Y su proyecto favorito yo fui. Entre José y Dee, me tienen lista a la velocidad de la luz. Cuando terminan, me subo la cremallera de mis botas de combate hasta las rodillas y me acerco al espejo. El lápiz labial rojo que llevo con el contraste del atuendo completamente negro es la combinación perfecta. Sonrío. Me veo sexy. Me siento sexy.

—Ustedes hicieron magia.

—Eso dicen. —José le guiña un ojo. Me río.

—Salgamos. Le dije a Martin que nos encontraríamos con él en el bar de Dolly para disparar.

—No puedo esperar a ver a este chico Martin —dice José—. ¿Es lindo?

—Él es lindo. —Sonrío—. Habla como perico, pero es lindo.

—¿Un merolico ha encontrado a Dee? —Los ojos de José se agrandan—. ¿Quién habla más?

—Voy a fingir que no estás hablando de mí así delante de mí. —Dee niega con la cabeza, sonriendo mientras salimos de su habitación—. Pero para que conste, hablo más porque tengo muchas cosas más interesantes que decir.

—Bien —José y yo decimos con una risa.

—¿Quién es el anfitrión este año? —pregunto—. Del carnaval me refiero.

—¿No te has enterado? —Las cejas de José se levantan.

—Mierda. ¿No te lo dije? —Los ojos de Dee se abren cuando me agarra del brazo—. Esto no cambia nada, vamos a ir.

—No me digas que es un Caliban. —Pongo los ojos en blanco.

—Así es. —Dee se muerde el labio—. ¿Pero a quién le importa? No es como si él fuera a elegirte. Ni siquiera se conocen.

—¿No es el viejo señor Caliban?

—Y postrado en cama —dice José—. Él no es el anfitrión. Dios. Era un horror cuando era el anfitrión. Estoy un poco sorprendido de que hayan elegido a alguien de esa familia.

—Totalmente cierto —estoy de acuerdo.

—¿A quién elegirían? ¿Al hijo?

—Debe ser. —José se encoge de hombros—. Él se ha convertido en una leyenda por aquí, entrando y saliendo de la isla Pan siempre que le place en sus elegantes carros y siempre con una modelo colgada del brazo.

—¿De verdad? —Levanto las cejas—. ¿Por qué vendría aquí y cómo?

—En bote, supongo.

—¿Toma un bote y no muere en esas aguas? —Enarco una ceja y miro a Dee.

—Oye, yo tampoco he venido mucho. Siempre que vengo, escucho historias sobre este hermoso dios griego. Pero sigo pensando que es una locura que hayan elegido un Caliban, por muy bueno que pueda estar.

—Pienso lo mismo. —Asiento lentamente. José también lo hace.

Por supuesto, ninguno de nosotros había nacido cuando todo sucedió, pero fue la comidilla de la ciudad durante años y años después. La maldición y el carnaval Caliban siempre se mencionan en las cenas, incluso si era de pasada, generalmente en silencio, como si nadie pudiera decidirse a pronunciar las palabras en voz alta. Y como todo lo demás en esta isla, lo llamaron leyenda, mito. Es la única leyenda en la que creo. Algunas cosas son demasiado horribles para no creerlas. Cada año, el anfitrión del carnaval es el primogénito de cada familia. Cada noche de carnaval, el hombre puede elegir a una mujer para pasar la noche. Soltera, casada, viuda, no importa. La mayoría de los hombres de la isla son respetuosos y responsables con esta tarea. Eligen a una persona soltera o una mujer con la que ya tienen una relación.

El año en que eligieron a Wilfred Ambrose Caliban, él eligió a una mujer casada. La esposa de un granjero cuya belleza se decía que rivalizaba con la de los rayos del sol. Como la mayoría de las historias, no se sabe qué es verdad y qué es invento. Ha sido transmitido a tantos oídos y hablado por tantas bocas que sólo podemos deducir lo que creemos que pudo haber sucedido, pero la leyenda dice que la mujer, Sarah, nunca fue vista de nuevo. El granjero intentó, con su equipo, derribar él mismo las puertas de hierro negro. Cuando finalmente recibió noticias de Sarah, fue a través de papeles de divorcio y una carta de disculpa que ahora está enmarcada en la biblioteca de nuestra ciudad. He leído la carta muchas veces, tratando de buscar pistas de mentiras y tristeza, pero no he encontrado ninguna. Ella parece sentir lástima por su marido, pero no lo suficiente como para volver. Y así, con Sarah, el sol dejó la parte norte de la isla, donde se encontraba la Residencia Caliban. Dicen que el granjero le puso una maldición que nadie, ni los seres más espirituales de por aquí, como mi abuela y gente como ella podían desplazar, porque nadie podía borrar un dolor así.

—Vaya. —Esa es Dee mientras comenzamos a acercarnos a la calle principal, donde todos están disfrazados.

Tiene razón. Los disfraces son oscuros, pero el ambiente es festivo. Martin, que nos está esperando, nos ve rápidamente. Él lleva todo negro, incluido un sombrero de copa con una pluma que sobresale.

—¿Sabes qué es el Cisne Negro? —pregunto.

—Realmente no. —Martin sonríe mientras nos da a Dee y a mí un beso en la mejilla, le da la mano y se presenta a José—. Parece que ustedes tres pertenecen a la portada de un álbum gótico.

—Gracioso —dice José, en un tono que es todo menos divertido—. ¿Vamos a tomar unos tragos o a quedarnos parados aquí toda la noche?

—Me encargué de los tragos. —Martin se da la vuelta y nos acompaña hasta una pequeña mesa para cuatro.

—¿Por qué estás aquí solo? —José pregunta después de nuestro último trago de tequila. Ya hemos tomado seis, pero ¿quién está contando? Ciertamente no mi hígado. Agarro el agua.

—Porque mi novia me dejó tres días antes de que fuéramos a venirnos para acá y decidí venir de todos modos —Martin sonríe alegremente—. Lo cual resultó ser una buena cosa. No habría conocido a estas dos o a ti, José.

—Definitivamente ganaste la lotería al conocerme. No estoy tan segura de estás dos. —José se ríe entre dientes cuando le doy un codazo.

—¿Entonces, dónde está el anfitrión? —pregunta Dee—. ¿Él camina alrededor o cómo elige a alguien?

—¿No has estado en uno de estos? —pregunta Martin—. Sé que Penelope no lo ha hecho, pero pensé que ella era la única.

—Gracias —murmuro, sirviéndome más agua.

—Oye, no te ofendas.

—Estoy demasiado borracha para ofenderme. —Le hago un gesto con la mano de que no importa—. ¿Dónde elige el anfitrión a alguien?

—Solo he estado en un carnaval y estuve peleando con mi novio toda la noche. Ni siquiera me divertí —dice Dee.

—Ni me recuerdes a ese Lawrence. —José pone los ojos en blanco.

—Exactamente.

Personalmente, Lawrence me caía bien, pero no voy a decir ese dato en una mesa llena de enemigos de Lawrence.

—Entonces, el anfitrión recibe la lista completa de asistentes —dice José—. Y hay una competencia. A veces se trata de modelar, otras veces es simplemente… un trono en el que está él sentado y las mujeres se acercan a él. Pero la mayoría de las veces saben a quién van a elegir antes de llegar aquí. No hay necesidad de tanto alboroto, eso es lo que dijo una vez uno de los guías turísticos.

—Interesante. —Martin agarra un puñado de cacahuetes en medio de la mesa—. Me sorprende que todavía sirvan maní aquí. En los Estados Unidos ya rara vez se ve eso.

—Sí, bueno. Probablemente sea algo bueno. —Dee también agarra un puñado de cacahuetes—. Nada más como esto cuando bebo.

—Es la sal —digo en voz alta. La música está comenzando y los parlantes suenan como si estuvieran justo detrás de mí y no a unos metros de distancia—. Además, necesito orinar.

—¿Ya? —Dee gime.

—Amiga, vas a romper el sello si haces pipí ahora —advierte Martin—. Te irás toda la noche.

—Estoy muy consciente, pero todavía necesito orinar. —Me encojo de hombros—. Tengo una vejiga pequeña.

—Tienes un hígado enorme, es más parecido —dice José—. Te tomaste un trago más que nosotros.

—Bebí como una jarra de agua entera. —Me levanto y me agarro a la mesa mientras mi entorno comienza a tambalearse.

—Mierda. —Mis amigos hacen lo mismo. Todos nos reímos.

—Echemos un vistazo a las carpas. Apuesto a que los baños están instalados allí de todos modos —dice Dee.

—Vamos.

Todos nos acercamos, me agarro de los brazos a José, Martín y Dee. Definitivamente estamos más que ebrios, lo cual es agradable. Me siento… contenta. Me siento… libre. Esos son sentimientos muy diferentes a los que había sentido antes en la isla. Cuando vivía aquí, me sentía atrapada bajo el pulgar de mi familia. Mis padres eran estrictos, pero fue nuestro apellido el que provocó la sensación de asfixia. Tal vez fue el disfraz o el hecho de que sé que incluso si la gente del pueblo supiera quién soy yo, nunca correrían hacia mi abuela y le dirían lo que estoy haciendo. Ella tiene demasiado en su plato para preocuparse por otra cosa.

—No puedo creer que nunca he estado en uno de estos —chillo.

—Escuché que Bad Bunny estará aquí más tarde —grita Martin, mirándome por encima del hombro.

—¿En la isla Pan? —José y yo preguntamos al mismo tiempo.

—No es sorprendente. —Dee se encoge de hombros—. Los Caliban tienen mucho dinero.

—Sí, ¿pero Bad Bunny? —Las cejas de José se levantan.

—Es un viaje corto de Puerto Rico a Pan —dice Martin. Los tres asentimos con la cabeza.

—Adivina. —Martin señala una carpa—. Vamos a verla.

—No, gracias. Tengo suficientes adivinas en mi vida —le digo—. Voy a buscar un baño. Ustedes sigan adelante.

—Mantén tu teléfono contigo —me ordena Dee.

—Voy a ir a ver a la lectora del Tarot —dice José—. Ella es tan buena.

—¿Mejor que la adivina? —pregunta Martin, sus voces se ahogan mientras los tres caminan en una dirección mientras yo sigo hacia adelante.

Veo una larga fila de mujeres y casi levanto las manos de alegría. No me encanta hacer cola, pero no quiero caminar por todos lados buscando un baño. Además, tengo algo que hacer para pasar el tiempo.

CAPÍTULO SEIS

Saco mi teléfono mientras estoy allí para pasar el tiempo. He publicado las fotos de La silla del diablo en mi blog y ya había recibido tres millones de visitas. Con lo que sigue, vienen comentarios y preguntas. Algunas preguntas son preguntas de fotografía que siempre estoy dispuesta a responder. Otras se refieren a si las casas están encantadas o no. Esas son las que empezaron a entretener hilos.

Al oír el grito de una mujer, bajo la voz y levanto la vista en alerta máxima. Es demasiado pronto para este tipo de tonterías. Ella sale de la carpa del baño, secándose la cara. Miro a mi alrededor para ver con quién está discutiendo, pero no hay nadie siguiéndola. Tan raro. Vuelvo a mi teléfono.

—Esa adivina es tonta —dice Dee, de pie a mi lado.

—¿Terminaste tan rápido?

—Chica, has estado en la fila hace años.

—¿Dónde están Martin y José? —Miro alrededor.

—Consiguiendo más tragos.

Abro los ojos, sorprendida. No estoy segura de poder soportar más alcohol en este momento.

—¿Entonces, qué te dijo la adivina?

Dee se burla—: Según la falsa señora Cleo, voy a morir pronto y mi mejor amiga será secuestrada por el diablo.

—¿Un martes típico en la isla, entonces?

—Supongo. —Ella suelta una carcajada.

—Oye, estas personas no saben de qué están hablando. —La golpeo con mi hombro.

—¿No es así? Nuestros antepasados construyeron esta isla sobre cosas como esa.

—Leyendas. No puedes tomarte estas cosas en serio. —Le lanzo una mirada mordaz—. Mi abuela lee platillos de té todos los días. Si tuviera que creer una palabra que dijo sobre la mía…

Niego con la cabeza.

—¿Qué dijo?

—Disparates. —Me encojo de hombros—. Quién sabe.

—¿Nunca la escuchas, verdad? —Ahora ella suena un poco más optimista, así que sonrío un poco, pero apenas porque no está equivocada—. ¿Sabes qué? Voy a ir a que lean mi té mientras tú vas al baño.

Ella comienza alejarse, luego mira por encima del hombro con el ceño fruncido.

—¿Seguro que estarás bien?

—Si me preguntas si el diablo me estará esperando en el baño, creo que la respuesta es no —respondo.

Dee se ríe a carcajadas.

—Buena suerte.

Suspirando, giro la cabeza para contar cuántos hay frente a mí. Tres. Finalmente estoy casi allí. Estoy revisando los comentarios de mis fotos cuando veo uno que me llama la atención.

CUIDADO: El que tiene las llaves de la Casa Caliban está maldito de por vida.

Mi corazón se salta un latido. Ni siquiera he tomado fotos de la casa todavía, pero sé que no se venderá con comentarios como ese. Por lo general, no les presto mucha atención, pero algo al respecto me hace dar clic y leer las respuestas debajo.

Car3092: ¿Escuchaste que van a poner la casa en venta? Mi tío sabe historias de ese lugar, amigo. Él fue allí en 1990 y cambió para siempre.

FFOE: @ Car3092 Me sorprende que tu tío haya salido vivo.

Rose30: He vivido en la isla toda mi vida. Nadie visita ese lado de la isla a menos que tenga cien años y necesite alguna mierda extraña para una poción.

Car3092: @FFOE - Lo sé. Él siempre ha estado sorprendido de que saliera vivo.

FFOE: @ Rose30 ¿Las brujas son reales?

Rose30: Depende de lo que clasifiques como bruja

FFOE: ¿Eres una bruja?

Rose30: Si ser una mujer ruda, independiente y progresista me convierte en bruja, entonces sí.

FFOE: *ojos en blanco*

Car3092: ya no estamos en el siglo XIX @ Rose30

FFOE: Exactamente. No mandamos la gente a la inquisición por ser feminista.

Rose30: Sin embargo, todo este hilo está dedicado a advertir a la gente contra la casa Caliban. ¿Por qué? Porque se rumorea que son brujas.

Car3092: ¿No son todos hombres?

Rose30: ¿Los hombres tienen bebés?

FFOE: Los miembros sobrevivientes son hombres

Rose30: ¿Miembros sobrevivientes? ¿Qué se están metiendo?

FFOE: Hay una maldición en esa casa. Todos lo saben. ¿Por qué más te quedarías al otro lado de la isla ?

Rose30: Porque mi familia es de la bahía y prefiero el sol, muchas gracias

Hago clic en el botón lateral de mi teléfono y lo pongo en mi bolso una vez que la mujer frente a mí desaparece en la carpa. Maldiciones, brujas, la oscuridad de este lado de la isla. Esas son todas las cosas que han impulsado el turismo aquí durante tantos años para empezar, pero el hecho de que tantos que nunca han estado aquí lo sepan, es increíble. Me pregunto cuántas visitas ha recibido este lugar en Google Maps.

—Siguiente. —La voz me saca de mis pensamientos. Miro al hombre que se eleva sobre la puerta y doy un paso adelante.

—No me había dado cuenta de que los baños necesitan guardaespaldas —le digo.

—En este baño sí, cuando termines, sal por aquí. No te desvíes. —Él me lanza una mirada.

—¿A dónde me iría? Es una maldita carpa.

—Debes registrarte aquí si estás en la lista. —Él agita el portapapeles que tiene en la mano.

Asiento y corro al baño. Cuando termino, me lavo las manos y me arreglo el maquillaje debajo de los ojos. Definitivamente parezco borracha. *Me siento* borracha. Me río de mi reflejo mientras enrollo la toalla de papel en una bola y la tiro a la basura a mi lado. Cuando salgo, puedo ver la parte de atrás de la cabeza del hombre, lo que significa que no me está mirando. Miro a mi derecha. Hay un pasillo. Tengo dos opciones: volver afuera y entrar en esa lista o averiguar para qué es antes de anotarme. Me decido por lo último porque a la mierda el guardaespaldas. Además, el tequila me ha dado la valentía que necesito.

Mientras camino por el pasillo, un olor distintivo me golpea, lavanda y algo más. Algo familiar que no puedo ubicar. La carpa se abre a un salón improvisado, con sofás blancos y mesas transparentes, que parece algo que verías en la sección VIP de un club. Me pregunto si aquí será donde están los artistas. Lo único que sé con certeza es que, si me encuentro con Bad Bunny aquí sin Dee, me ahorca. Sin embargo, no hay nadie o eso pienso hasta que dejo de caminar en el centro de la habitación y veo el escenario delante. Hay un hombre vestido completamente de negro parado allí.

—Esto… Hola —le digo. Mi voz suena mansa. Espero que no suene así en voz alta.

—Hola. —Su voz es suave, baja, retumbante, que vibra dentro de mí y a través de mí.

Él sale del escenario y comienza a caminar hacia mí. Mi corazón late más fuerte con cada latido de cada paso. Cuando se acerca, puedo verlo mejor y jadeo. Es *él*. Indiscutiblemente guapo con hombros cuadrados, una mandíbula definida, y cuando sonríe, con una leve inclinación torcida de sus labios, habla con un encanto sin esfuerzo. Para cuando cierra la distancia entre nosotros, estoy segura de que he dejado de respirar por completo.

—Te he estado esperando —me dice, tomando el aire que quedaba en mis pulmones.

—¿Por qué sigues diciendo eso?

—Porque es verdad.

—¿Qué quieres decir con que me has estado esperando? ¿Qué significa eso?

—La encontré —anuncia en voz alta.

Alguien entra rápidamente en la habitación. Me giro para ver al guardia que había estado junto a la puerta.

—Señor, lo siento mucho, yo no lo hice…

—La búsqueda ha terminado. La encontré —dice River de nuevo.

—¿De qué estás hablando? — Siento el latido de mi corazón como un tambor en mis oídos.

—Esta mujer me hará compañía esta noche —anuncia, ignorándome.

Ya no estoy segura de con quién está hablando, pero luego me giro y me doy cuenta de que las cortinas se han abierto y la gente que está parada fuera de la carpa pueden vernos. Tal vez había bebido demasiado tequila, pero podría haber jurado que él dijo que yo le haré compañía esta noche.

Giro para mirarlo.

—Lo siento, mi nombre no está en la lista. Ni siquiera estoy…

—Te elijo a ti, Penelope Guzmán.

—Pero, ni siquiera me inscribí en esto.

—No tenías que hacerlo. —Su sonrisa es lobuna, territorial—. Soy el anfitrión del carnaval de este año y elijo pasar la noche contigo.

—Yo… —Miro a mi alrededor de nuevo, sin palabras. Estoy demasiado ebria para comprender completamente lo que está sucediendo, así que digo lo primero que me viene a la mente—: Nuestras familias se odian mutuamente.

—Dime algo que no sepa. —Él ya no sonríe, pero parece tan divertido como hace un minuto.

Hay un brillo en sus ojos, un destello de algo que no sé cómo definir. Todavía no se ve bien, pero la adrenalina que me atraviesa es demasiado palpable para que me aleje, aparte mi mano de la suya, y si realmente hubiera estado analizando lo que estoy sintiendo, lo clasificaría como emoción. El hombre más poderoso de la isla, el más buscado, el más misterioso, el que me dijeron que nunca, nunca, convocara por su nombre, me está extendiendo la mano. Pongo mi mano sobre la suya y la sostiene suavemente mientras me mira. Lo dejo allí, ignorando el escalofrío que se desliza por mi columna. *Wela me va a repudiar por esto.* Siento esa advertencia en la boca de mi estómago y es solo entonces que aparto mi mano de la suya.

—¿Qué pasó, brujita? ¿Te acuerdas de quién eres? —River se ríe entre dientes.

—No soy una bruja. —Me encuentro con su mirada—.
Y no soy una niña tampoco.

—No, para nada. —Él parece divertido y yo estoy que
echo humo.

—¿Por qué me elegiste?

—¿Por qué no?

—Hay muchas mujeres en la isla.

—¿Por qué hiciste fila?

—Pensé que era el baño.

—¿De verdad? —Levanta un puño para toser,
escondiendo una risa.

—No estoy bromeando. —Aprieto mis manos
temblorosas en puños.

—No pensé que lo estuvieras.

Trago saliva.

—¿Entonces, por qué me elegiste?

—¿Por qué no iba a hacerlo?

Parpadeo, negando con la cabeza. No estamos llegando
a ninguna parte rápidamente.

—¿Que se supone que haga? Como tú compañera
elegida, quiero decir.

—Pasa la noche conmigo.

—Oh. —Me cuesta respirar, y mucho menos hablar—.
¿Y si no lo hago?

—Tienes que hacerlo.

—¿Quién lo dice?

—La ley. Deberías agradecerle a tu padre por eso. Oh, es
cierto, no puedes. —Él sonríe, una sonrisa lenta y sexy que hace
que mi estómago se revuelva—. O la pasas conmigo o la pasas
en la cárcel, y conoces las condiciones de estas cárceles.

—No me gusta que me pongan entre la espada y la pared.

—Si no te gusta, no deberías haber venido al carnaval. En el momento en que lo hiciste, sellaste tu destino. —Él vuelve a cerrar la distancia entre nosotros—. De hecho, lo hiciste en el momento en que regresaste a la isla.

Antes de que pueda interrogarlo más, la gente comienza a amontonarse en la carpa, en su mayoría mujeres, la mayoría mirándome. No puedo decir si están molestas porque no las ha elegido o molestas porque él es el anfitrión. Recibo más atención de la que quiero, y cuando el reportero de noticias local entra agitando un micrófono y empujándonos una cámara en la cara, siento que mi respuesta de huir se activa y atravesar el océano de gente, salir pisando fuerte de la carpa. No sé hacia dónde me dirijo, pero tengo que salir de allí. Volver al bar de Dolly, supongo, sería un buen lugar para huir. De vuelta a mis amigos. Otro trago de tequila suena bien, especialmente ahora que todo el alboroto ha eliminado mi entusiasmo anterior.

CAPÍTULO SIETE

—Repite eso de nuevo para mí —me dice José—. ¿River Caliban te eligió?

—Así es, pero no importa. Prefiero pasar una noche en la cárcel que con él.

—¿Pasar la noche en la cárcel y arriesgarte a que tu abuela se entere? —Dee arquea una ceja.

—¿Por qué se enteraría? —Martin deja su cerveza y mira a Dee.

—Cualquiera que vaya a la cárcel es publicado en la primera página del periódico —ella dice—. Es el mejor no-no. Lo último que alguien quiere es que sus padres o abuelos vean el periódico y manchen así sus apellidos.

—Especialmente si eres de la realeza de la isla Pan y tu apellido es Guzmán —agrega José.

—Mi apellido quedó empañado el día que publiqué las fotos de la casa Caliban. —Aparto la mirada de mis amigos justo cuando se abre la puerta principal del bar y River Caliban hace su aparición.

Una sacudida me atraviesa en el instante en que nuestras miradas se encuentran. He oído hablar del tirón eléctrico entre dos personas. Me lo había imaginado cada vez que leía una de las novelas románticas históricas de mi abuela. Ni en mis sueños más locos pensé que fuera real, pero sobre todo odio que sea River Caliban, quien me hace sentirlo. Toda mi vida me habían advertido contra ellos, y aquí estoy, *sintiendo cosas*. Mi Wela siempre dijo que el diablo es encantador y, si ese es el caso, seguro que este lo ha superado. Él camina hacia nuestra mesa y se para a mi lado como si perteneciera allí. Trago, mirando a Dee, frente a mí. Sus ojos parecen más abiertos que nunca. También lo hacen los de José. Martin también se ve absolutamente atónito, pero es él quien rompe el hielo y extiende su mano a River con el carraspeo.

—Martin Echevarría. —Él le estrecha la mano—. Me invitaron a tu fiesta mañana por la noche y no estoy seguro de qué tan involucrado estás con las invitaciones, pero supongo que debería agradecerte de todos modos.

—De nada. —La boca de River aparece—. ¿Entonces, espero que estés allí con tu más uno? ¿Barbara, verdad?

—No, no es Barbara. —Martin se ríe entre dientes—. Es una larga historia. Llevaré a Denise Grillon conmigo.

Él pasa un brazo alrededor de Dee.

—Bien, qué lindo. Es un placer conocerte Denise. —River le estrecha la mano y luego se gira hacia José—. A ti también.

—José. —José se aclara la garganta—. José Beauchamp.

—José Beauchamp. —River asiente—. ¿También estarás presente?

—Deben haberse equivocado con la dirección al enviar mi invitación. —José se ríe—. No te preocupes, estoy perfectamente bien saltándomela.

—Disparates. —River frunce el ceño y luego mira por encima del hombro. Sigo su mirada y veo a un pequeño grupo de personas reunidas en la mesa junto a nosotros. Dos mujeres y un hombre. Todos vestidos de negro—. Señorita Fabiola, por favor tome nota del nombre José Beauchamp. Él también estará presente mañana por la noche.

—Por supuesto. —La señorita Fabiola, una bonita mujer negra, tal vez de unos treinta y cinco años, dice asintiendo con la cabeza y con una sonrisa rígida. Ella solo me lanza una mirada rápida antes de volverse hacia su grupo de personas. Se siente como una advertencia.

—Ahora, en otros asuntos en cuestión. —River levanta una mano y usa su dedo índice para acariciar por encima de mi hombro.

—No te di permiso para tocarme. —Me estremezco y me aparto, lanzándole una mirada furiosa.

Los ojos de River se oscurecen. No hay distinción entre su iris y su pupila. Su mirada es tan intensa, tan seductora, que descubro que no puedo apartar la mirada, aunque quiera.

—¿Por qué elegiste a Penny? —José pregunta después de un momento.

—¿Por qué no? —River mantiene su atención en mí.

—¿Cómo sabes quién soy? —le pregunto.

—¿No todos en esta isla saben quién eres? La rebelde Penelope Guzmán, que tomó una foto de la casa de sus enemigos y ganó millones con ella. —El tono de River es ligero, pero su expresión está lejos de serlo.

—¿Es por eso por lo que me elegiste? ¿Porque quieres vengarte de la persona que capitalizó tu apellido? —Levanto una ceja mientras alcanzo mi copa—. Debo decirte que no gané millones.

—Tal vez no. —Él ladea la cabeza—. Pero hiciste una carrera con eso y debo asumir que lo estás haciendo muy bien desde entonces.

—Me va bien.

—Te va mucho mejor que bien. —River se ríe entre dientes, un sonido oscuro y profundo que tira de mis hilos—. A la señora Dolly le va bien y gana apenas lo suficiente para pagar el alquiler todos los meses. A ti, por el contrario, te va lo suficientemente bien como para permitirte tu gusto lujoso en ropa de diseñador.

Él arquea una ceja.

—Asumiría que tu padre no te mandó más dinero desde el momento en que te fuiste.

—No hables de mi padre. —Tomo un buen trago y aparto la mirada.

Este es uno de los problemas de tener demasiada gente siguiéndote en internet, muchos creen que te conocen de verdad, que saben quién eres. A pesar de que la mayoría de las veces sólo publico fotos de casas antiguas y lugares frecuentados, de vez en cuando, cuando me siento linda, publico una selfie o le pido a un amigo que me tome una foto posada y ahí es donde supongo que me ve… como él dice, con un gusto lujoso en ropa de diseñador. Malditas redes sociales.

—¿Entonces, qué podemos esperar de la fiesta de mañana por la noche? —pregunta Martin.

Me alegro de que me quite la atención por un momento. Agarro mi bandolera de la mesa.

—Necesito usar el baño.

No espero a que nadie lo escuche antes de caminar directamente hacia la parte trasera de la barra. Mi corazón late fuerte en mi cabeza que apenas puedo pensar con claridad y no puedo estar segura de sí es la cantidad de alcohol en mi sistema o el hecho de que River Caliban, por muy sexy que sea, me había acechado hasta la mierda y yo estoy desconcertada por ello. Ni siquiera se molesta en negarlo tampoco. La puerta del baño se cierra y se abre de inmediato detrás de mí y me doy la vuelta conteniendo la respiración, medio esperando que él me haya seguido. Sin embargo, es Dee.

—Hola. —Ella se acerca—. Así que eso fue extraño.

—Subestimación del siglo.

—Quiero decir, ¿al menos él está más bueno que el pan caliente? —Ella se encoge de hombros al decirlo.

—Él cree que conoce todo mi maldito guardarropa. —Camino por el baño—. Siento que la única razón por la que me eligió es para mostrarme que tiene una ventaja sobre mí. Y para humillarme. Y regodearse. Y… vengarse en nombre de su familia.

—¿De verdad? —Dee suelta una carcajada—. Esta no es una película ambientada en la edad media, P. Si no quieres ir con él, ve a la cárcel. Joder. Pero si fuera tú, yo iría. ¿Qué es lo peor que puede pasar? Te vas a divertir, el hombre es atractivo, es rico, vive en esa mansión que nunca llegamos a ver. ¿Por qué no aprovechar y sacar todas las fotos que puedas?

Frunzo los labios y asiento. Y podría sacar las hojas del supuesto árbol mágico. Si hubiera un árbol en absoluto. Es lo mínimo que puedo hacer por mi familia, ¿verdad?

—¿Sabes qué? —Asiento con un poco más de entusiasmo ahora—. Voy a hacerlo.

—Bien. —Dee sonríe—. Y si quieres irte o te sientes amenazada, llama a la policía y luego a nosotros y estaremos ahí enseguida.

Ella me abraza rápidamente.

—Ahora volvamos a la mesa.

—Adelante, ahora te alcanzo. De hecho, necesito usar el baño. —Sonrío cuando ella sale.

Cuando termino de lavarme las manos y salgo del baño, me siento como una mujer con una misión. Eso es, hasta que me encuentro directamente con River, quien está parado entre el gentío, fumando un cigarrillo.

—Se supone que no debes fumar en interiores, ¿sabes? —Me echo hacia atrás y estornudo—. Además, debo advertirte que soy alérgica.

—¿Al humo de los cigarrillos? —Él arquea una ceja. Asiento y estornudo de nuevo. Se gira y aprieta el cigarrillo contra el cenicero de la mesa junto a él, lanzando el humo en la otra dirección.

—Gracias. —Me aclaro la garganta. No esperaba que él hiciera eso en absoluto.

—¿Ves? Puedo ser un caballero.

—No estoy segura de clasificar eso como ser un caballero, pero está bien, si eso quieres pensar. —Me encojo de hombros—. Tengo una pregunta, me refiero a esta noche.

—Okey.

—Supongo que volveremos a tu casa, pero ¿cómo llegamos allí? La marea debe estar baja, pero no lo suficientemente baja para cruzar. —Frunzo el ceño, dándome cuenta de que realmente no lo sé—. ¿O sí?

—No te preocupes por eso —me dice—. Tengo un carro esperando afuera para llevarnos de regreso cuando estés lista.

—¿No se supone que debes quedarte hasta que la fiesta se termine? Escuché que vendrán grandes artistas.

—No vine para ser parte de la fiesta. —Su sonrisa es lenta y decidida, como un lobo listo para abalanzarse sobre su presa.

—Viniste aquí por mí —le digo.

—Belleza e inteligencia. Esa es la combinación ganadora. —Él sonríe de oreja a oreja, y con eso, me acompaña fuera a través de la puerta trasera.

CAPÍTULO OCHO

El chofer es el guardaespaldas que vi hace rato. Esta vez, se centra únicamente en la carretera mientras River y yo nos sentamos en el asiento trasero del Rolls Royce negro. Verdaderamente, un carro de lujo. Estiro mis piernas y mis dedos de los pies todavía no tocan el respaldo del asiento frente a mí. Cierro los ojos e inhalo el olor a cuero. Huele como uno de mis bolsos de diseñador. Podría vivir en este carro y morir feliz. La risa de River me hace abrir los ojos y mirarlo. Espero que esté en su teléfono, pero el maldito hombre está mirando por la ventana. Miro por encima de su hombro para ver qué es tan divertido, pero no veo nada. Está completamente oscuro. Probablemente él está planeando mi desaparición y yo soy la idiota que se ha dejado secuestrar. Cuando miro por la ventana, lo único que puedo distinguir debajo de la niebla oscilante es la silla del diablo. El carro se detiene allí y mi corazón se acelera. Cuando me giro para preguntar por qué nos detenemos allí, capto los ojos del conductor en el retrovisor y mi pregunta muere en mi garganta.

—La puerta tarda un momento en abrir —explica River.

Miro a mi alrededor de nuevo.

—No hay gente aquí.

—Es bastante desolado, ¿no? —Él mira afuera—. Todos deben estar disfrutando del concierto.

—Esto no parece estar bien. —Niego con la cabeza y vuelvo a mirar afuera. Cada ventana trae el mismo vacío—. No entiendo. La gente que… mucha gente viene por la silla y por la casa. Seguramente alguien estaría aquí.

—¿Quieres salir y descubrirlo por ti misma?

—No. —Me estremezco y me cruzo de brazos.

Las puertas se abren, dándonos la bienvenida, como si mi negativa a estar cerca de la silla fuera lo que él había estado esperando. Cuando pasamos las puertas, me giro para verlas cerrarse detrás de nosotros y siento mi destino sellarse. Yo voy a la mansión Caliban y voy con un Caliban. El heredero de la casa y los problemas familiares. Eso es lo que siempre decía mi padre sobre los primogénitos. Es la forma en que me presentó a todos sus amigos. *Esta es mi hija, la heredera de todos mis problemas.* Con ese recuerdo, una pesadez se instala dentro de mí.

—Está tan oscuro aquí. Ni siquiera puedo decir dónde estamos. —Me aclaro la garganta, necesitando una distracción. Recuerdos. Durante años, el único deseo que tuve fue que algunos de mis recuerdos regresaran, mis recuerdos de casa, que parecían tan turbios como el aire que nos rodeaba. Sin embargo, con el recuerdo llega el dolor.

—Estaremos allí pronto. —River me mira y me mira a los ojos.

—¿Vas a la ciudad a menudo?

—Algunas veces. Cuando me reúno con alguien.

—¿Como para una cita?

—Podría ser una cita.

—Ah. —Trago y aparto la mirada momentáneamente—. ¿Normalmente traes a tus citas a casa? No puedo imaginar cómo debe ser eso cuando la marea está alta.

—Tenemos botes. —Sus ojos brillan.

—Dicen que esta agua está enojada. No estoy realmente segura de si alguna vez me subiría a un bote.

—Estoy seguro de que lo harías en las circunstancias adecuadas.

—¿Por qué la vas a vender? —pregunto de repente. El carro empieza a subir por la sinuosa colina y necesito dejar de pensar en la idea de que podemos ir por la borda en cualquier momento.

—No estoy seguro de quererla vender. Pero quiero saber cuáles son mis opciones.

—Oh.

—Mi padre está enfermo, a mi madre nunca le gustó esta casa. Quiere mudarse a la toscana, a algún lugar lejano.

—Oh. —Levanto las cejas—. Tu madre… ¿Sarah?

—Mi madrastra. —Los labios de River se crispan—. Ella estaría feliz de saber que no la han olvidado.

—¿Olvidado? —Dejo escapar una carcajada—. Las leyendas nunca mueren.

—Eso es lo más cierto que he escuchado en mucho tiempo.

Siento que mi ansiedad se alivia un poco.

—¿Entonces, tu padre está enfermo?

—Sí.

—¿Qué tiene? Si puedo saberlo.

—Los médicos no pueden resolverlo del todo. Le hicieron pruebas, escaneos y no encontraron nada, pero él ha perdido peso y energía… —Él mira hacia adelante.

Mi mirada lo sigue. Lo único que puedo distinguir es el camino rocoso, que hace que el carro rebote de vez en cuando. Se me encoge el estómago. Espero no vomitar todo el tequila que he bebido. Nunca lo había hecho antes, pero hay una primera vez para todo. Simplemente no quiero que mi primera vez sea en la parte trasera de un automóvil de lujo que probablemente cueste lo que cuestan mis zapatos. De repente, hay un bajo y sé que hemos terminado de subir la colina y acercarnos a la casa. Había visto la foto que había tomado tantas veces que uno pensaría que verla en persona no sería impactante, pero lo es. Tengo tantas esperanzas de que estar aquí significara que mis recuerdos volverán a inundarme. Ese no es el caso. No recuerdo haber visto la casa en todo su esplendor, es mucho más grande de lo que recuerdo. Toda una villa. Una casona gris oscura con grandes ventanales. Incluso los árboles de la propiedad parecen muertos, pero eso podría deberse a la falta de césped. Es una imposibilidad, esta casa, pero ahí está, mirándome fijamente.

—¿Cuántos kilómetros hay desde la casa hasta la puerta? —pregunto.

—Nueve.

—Se siente más lejos.

—La distancia es una ilusión.

—Muy parecido al tiempo.

—Muy parecido al tiempo. —Él sonríe.

Mi corazón da un brinco. Me concentro en los árboles para controlarme. No hay flores, ni hojas, simplemente ramas girando sobre troncos.

—¿Florecen los árboles alguna vez?

—Uno lo hace.

—Uno —digo. El árbol mágico—. ¿Así que el resto solo están… muertos todo el tiempo?

—¿La muerte es de verdad el final de la vida?

—Sí. —Mi padre acababa de morir y lo vi tirado en un ataúd hace solo un día, definitivamente.

—No lo creo.

—Pero acabas de decir que los árboles no florecen.

—Eso no significa que estén muertos.

—Maestro Caliban. —Ese es el conductor mientras estaciona el carro frente a los escalones que llevan a la casa y se baja del carro, abriendo la puerta para River.

—Gracias, Gustavo. —River sale del carro.

Me quedo en mi asiento, no sólo porque sé que uno de ellos me abrirá la puerta, sino porque realmente me estoy arrepintiendo de todo esto. De repente, una noche en la cárcel no parece tan mala después de todo, pero entonces River abre la puerta y me ofrece su mano, mirándome con esos ojos oscuros y yo simplemente la tomo.

CAPÍTULO NUEVE

Miro el exterior de la casa mientras River sube los escalones. Tiene paneles de color gris oscuro y tiene un porche que lo envuelve en su totalidad. La casa tiene una sensación tan espeluznante y ni siquiera he entrado todavía. No estoy segura de querer hacerlo. Cuanto más la miro, menos cómoda me siento. Un sentimiento de inquietud se extiende a través de mí. Para que yo hubiera tomado una foto de la casa, la foto que tomé y publiqué y vendí, habría tenido que estar parada a unos pocos metros de ella, pero eso es imposible. Hoy en día, podría decir que fue mi lente, pero en ese entonces no tenía las lentes que tengo ahora. Me propongo recordar, pero no puedo, y es una locura.

—¿Vas a mirarla toda la noche? —pregunta River.

Parpadeo y subo las escaleras. El porche está lleno de mecedoras negras que se balancean con un crujido mientras el viento se levanta. Me estremezco y subo corriendo el resto de los escalones. Cuando llego hasta el lugar en que River se encuentra, espero que abra la puerta. En cambio, se aclara la garganta y las grandes puertas dobles que tenemos ante nosotros se abren. Una mujer pálida de cabello oscuro, vestida con una blusa negra y una falda larga que parece demasiado larga para no tropezar, está del otro lado. Ella no sonríe, no me da la bienvenida, ni siquiera me reconoce. Mantiene la cabeza ligeramente inclinada y se aparta para que podamos entrar. Hay música sonando. Música antigua, de esas que tocas a la hora del cóctel para que la gente pueda estar de pie y hablar sin gritar. A medida que nos adentramos en la casa y contemplo el pasillo tenuemente iluminado y las paredes llenas de espejos, me pregunto si había entrado en otro siglo, en otra vida. Se siente sofocado dentro de la casa, pero luego llegamos al vestíbulo y se abre a una fiesta, cambia el ambiente de la casa. No es que haya luz en esta área, pero todo es vibrante, la gente está hablando, riendo, bebiendo y bailando. Todo el mundo está disfrazado, todos de negro, plumas por todas partes. Es… extrañamente incitante.

—Maestro River, su cama ha sido puesta bocabajo —dice la mujer a nuestro lado, su voz baja y mansa.

—Gracias, Mayra. —River camina hacia la gente con tal aire de importancia, que me encuentro quedándome atrás hasta que mira por encima del hombro y me mira—. La señorita Guzmán se quedará aquí esta noche y quizás por el resto de la semana.

—¿El resto de la semana? —Corro hacia adelante—. Nunca hablamos de eso ni yo he aceptado. Dijiste una noche.

—Sé lo que dije y puedes irte mañana por la mañana —aclara y yo exhalo una larga bocanada—. Eso no significa que no te volveré a elegir y que no volveré a tenerte aquí.

—¿Por qué lo harías…? —Trago, el corazón se me sube a la garganta—. ¿Por qué me elegirías dos veces?

—¿Por qué no lo haría?

—¿Quieres la versión larga o la corta?

—Ya repasamos todas las versiones que me interesan discutir y mi respuesta no ha cambiado ni cambiará.

Miro a Mayra, que todavía está allí. Ella me está mirando y lo que veo en sus ojos es odio puro, sin filtrar, antes de que aparte la cara. El sentimiento de inquietud dentro de mí crece, una hiedra que se envuelve alrededor de mis entrañas y se aferra con fuerza.

—¿Dónde se quedará la señorita Guzmán? —pregunta Mayra, con los ojos todavía fijos en el suelo.

—Conmigo.

—Ella… —La cabeza de Mayra se levanta de golpe, su boca se tensa—. ¿Qué dirá doña Sarah? ¿Y don Wilfredo?

—Personalmente, no me importa lo que ninguno de los dos tenga que decir al respecto.

—Muy bien. —Ella traga y da un paso atrás—. ¿La señorita Guzmán tiene equipaje?

—No en el momento. Necesitaré que Gustavo le traiga sus cosas más tarde. Ahora, si nos disculpas, tenemos una fiesta a la que asistir. —River me ofrece su brazo. Pongo el mío en él de mala gana.

—Por supuesto. —Mayra hace una reverencia y se aleja, desapareciendo en un pasillo oscuro al otro lado.

—Yo… Necesito usar el baño —le digo.

—¿De nuevo? —Él arquea una ceja.

—Sí.

Él me acompaña hasta una puerta.

—Estaré cerca.

—Okey. —Pongo mi mano en el pomo redondo de la puerta.

—Confío en que sepas que no puedes ir a ningún lado esta noche. —Él me lanza una mirada—. Te vas a quedar conmigo.

—Te he dado mi palabra. —Levanto la barbilla—. Eso no significa que quiera.

—Eso es gracioso, no recuerdo haber pedido tu opinión.

Pongo los ojos en blanco y abro la puerta del baño. Era eso o quitarle la arrogancia de una bofetada. La cierro detrás de mí y me alegro de encontrar la luz ya encendida, aunque después de investigar más me doy cuenta de que la luz proviene de dos lámparas de gas. El baño en sí es pequeño, solo un inodoro y un lavabo con espejo. Todo está embaldosado en cuadrados blancos y negros, desde el suelo hasta el techo, lo que le da una apariencia alucinante. Hago mi necesidad, le jalo al inodoro y comienzo a lavarme las manos, concentrándome en el jabón mientras lo enjuago. Cuando miro hacia mi reflejo, hay una figura oscura detrás de mí. Jadeo, dándome la vuelta rápidamente, pero no hay nada allí. Parpadeo y parpadeo, y nada. Mi corazón late con más fuerza. Me seco las manos rápidamente y salgo del baño con tanta prisa que me encuentro con alguien.

—Yo estoy…

—No importa. —Es Mayra. Nunca había visto a nadie con ojos tan hundidos—. El señor River la espera.

—Sí. —Camino para alejarme de ella y miro a la multitud de personas que lo buscan.

Cuando lo encuentro, me acerco. Tiene una copa en la mano que baja después de dar un sombro y mira al collar que llevo alrededor de mi cuello, un regalo de mi abuela. Uno de los muchos que uso pero en los que no necesariamente creo.

—Santa Olga, la santa de todas las viudas. —Esconde una pequeña sonrisa detrás de un vaso de whisky—. Tienes que dárselo a la iglesia católica por no molestarse en ocultar el pasado de sus pecadores antes de idolatrarlos.

—¿Estás diciendo que no habrías hecho lo mismo en sus zapatos? —Los que nos rodean parecen desvanecerse cuando me encuentro directamente con su mirada—. ¿No te vengarías de alguien por asesinar a tu cónyuge?

—Tomo bastante venganza —él dice, todavía divertido—. Y, sin embargo, nadie me ha idolatrado por eso.

—Dales tiempo. —Me lamo los labios—. No estás muerto todavía.

Ante eso, River se echa a reír, una carcajada fuerte, echa la cabeza hacia atrás que parece sacudir la casa entera. Puedo jurar que las luces parpadean. Puedo jurar que lo escucho suspirar. Puedo jurar muchas cosas, pero mi atención está únicamente en él, en este hombre hermoso que se siente como la luz del sol en un día sombrío cuando se ríe. La fiesta se anima. La música es un poco más fuerte ahora y ha cambiado a un Harry Belafonte. La gente empieza a bailar, haciendo círculos y vueltas a nuestro alrededor mientras estamos de pie en el centro del vestíbulo. River ya no se ríe, pero todavía se ve tan divertido mientras me mira.

—No creo que sea gracioso —digo después de un momento.

—¿No crees que sea gracioso?

—Nada de esto y no aprecio que te burles de mi collar.

—Entendido. —Él sonríe—. No volveré a burlarme de tu collar.

—¿Bailas? —Echo un vistazo a las personas que nos rodean.

—Solo con mujeres hermosas.

—Oh. —Me muerdo el labio.

—¿Bailas?—

—Nada más con hombres guapos.

—Bueno, entonces estás de suerte. —Él deja su vaso ahora vacío en la mesa a su lado y cierra la distancia entre nosotros, ofreciéndome su mano.

—No dije que fueras guapo. —Pongo mi mano en la suya.

—No tenías que hacerlo.

—¿Asumes que todos piensan que eres guapo?

—Simplemente asumo que las personas que me miran como tú, como si fuera una lucha mirar hacia otro lado, piensan que lo soy.

Pongo los ojos en blanco.

—Tan arrogante.

—Y con razón, dirían algunos.

—Ajá. —Empezamos a bailar, pero cuando empezamos la canción cambia de nuevo, de salsa a más vals—. Este DJ tiene una forma interesante de mezclar música.

—Él lee el lugar. —La voz de River está mucho más cerca ahora, en mi oído.

—Tu casa está encantada.

—¿Ya viste un fantasma?

—Vi algo en el baño. Algo oscuro. Como el humo.

—¿Y? ¿Preguntaste qué era?

—No, obviamente no. —Me aparto un poco y lo miro—. ¿Hablas con el humo?

—Si se me apetece…

Lo miro de cerca, pero niego con la cabeza cuando no revela nada más. Me abraza con más fuerza, una mano en mi espalda, la otra en la mía, y ya no hay espacio para que yo inspeccione sus ojos porque por ahora, al menos, estoy perdida en este baile, en la forma en que se siente estar entre sus brazos.

CAPÍTULO DIEZ

La gente empieza a irse de la fiesta, pero antes de que se vayan todos, River me está tirando hacia la escalera de caracol que me recuerda a *Lo que el viento se llevó*. Mi casa cuando era niña había sido grande, pero esto es cosa de otro mundo. Esta es una verdadera mansión. Los pisos son de baldosas blancas y negras y las escaleras están cubiertas por una alfombra roja. Sigo a River, caminando detrás de él. Algo que noto por la esquina de mi ojo izquierdo me llama la atención y cuando miro hacia abajo entre las columnas, veo a Mayra parada allí, mirándome con esa misma expresión de odio en su rostro. Dejo escapar un grito ahogado y acelero, chocando con River, quien deja de caminar y se gira hacia mí.

—¿Qué...? —Él mira hacia el vestíbulo y lo hago al mismo tiempo, pero Mayra se ha ido—. ¿Qué pasó?

—Ella estaba allí. —Me las arreglo cuando finalmente llegamos a la parte superior de la escalera. Mayra. Ella estaba ahí mirándome.

—No le hagas caso.

—No le caigo bien —susurro—. Y me incomoda la forma en que ella me mira.

River no me da más palabras de aliento ni trata de aplacarme. Simplemente gira a la derecha cuando llegamos a la parte de arriba y caminamos por otro gran salón. El papel de colgadura es diferente aquí, pero también es muy florido y anticuado. Al final del pasillo, hay una puerta con una manija dorada en el medio, la cual él gira y abre, esperando para que yo entre primero. Lo hago, temblorosa.

—Ya estás aquí. —Él se ríe entre dientes—. No sirve de nada actuar tímida ahora.

—No estoy actuando tímida. —Entrecierro los ojos—. Estoy nerviosa.

—Me parece justo. —Él cierra la puerta detrás de nosotros.

Me giro para mirar la habitación. Parece algo por lo que los turistas caminarían en un museo. Hay una cama de cuatro postes en el medio de la habitación, con una chimenea enfrente. Las paredes de aquí parecen negras, y también está iluminado con lámparas de aceite por todas partes.

—Siento que estoy viviendo en una película en blanco y negro —le digo, a lo que River se ríe, pero es tenso y no tan divertido.

Lo único que tiene luz en toda la habitación es la cama, con un suntuoso edredón blanco doblado y sábanas blancas. Los cuatro postes están conectados por una tela blanca transparente, un mosquetero para mantener alejados a los insectos, y me pregunto si duerme con las ventanas abiertas o no tiene aire acondicionado. Moriría sin aire acondicionado. No hace calor aquí, en realidad no, pero sé que en el momento en que mi cabeza golpee la almohada empezaré a patear todas las sábanas. Eso me da una pausa. No me ha traído aquí para dormir. Me ha traído a dormir *con él*. Dios sabe que puedo conseguirme a alguien mucho peor que River Caliban. Es uno de esos raros hombres que resulta atractivo para cualquiera que lo ve. Sin embargo, él es mayor, tiene experiencia y yo no. Yo soy un manojo de nervios.

Quizás después de una ducha. Quizás si hago acopio de mi inteligencia.

Una ducha tibia siempre me ayuda a hacer eso.

—¿Podré ducharme? —Me giro hacia River.

—Por supuesto. —Camina hacia donde supongo está el baño.

Pasamos por delante de una salita con un sofá cama y dos sillones. Parece estar metido en la pared y también tiene una tela que puede servir como escudo de privacidad. Es algo tan extraño tenerlo en un dormitorio, pero luego, tengo que recordarme a mí misma, esto es la Casa de los Caliban. El baño es bonito, teniendo en cuenta que tiene un lavabo y un espejo para él y para ella, y parece tener más luz que el resto de la casa, pero eso no dice mucho. Hay una bañera con garras blancas a la izquierda y una ducha a la derecha.

—Me sorprende que te duches.

—¿Estás insinuando que estoy sucio? —Él arquea una ceja.

—No, en absoluto, eso no es lo que yo…

—Relájate, Penelope. Estoy bromeando. En realidad, no soy un completo aburrido.

Trago y sonrío levemente, esperando que parezca algo agradecido, lo cual estoy. Después de todo, no me ha violado, torturado ni matado… aún.

—Te conseguiré una toalla y algunas cosas para que duermas. Mañana por la mañana podrás tomar fotografías de la casa.

—Gracias. ¿Siempre está tan oscuro aquí?

River ladea levemente la cabeza.

—La mayor parte del tiempo. Debería estar mejor por la mañana.

—Pensé que se suponía que iba a haber luz esta semana, para el carnaval.

—¿Por la marea?

Asiento.

—La niebla y la oscuridad no tienen nada que ver con la marea baja. —Sus ojos se clavan en los míos mientras dice las palabras y pienso en mi familia, en nuestras familias. De la maldición. No. Niego con la cabeza. La maldición es una mierda.

—Voy a darme una ducha ahora. Gracias. —Sonrío de nuevo.

—De nada. —Él asiente y sale del baño momentáneamente, sólo regresa para traer la toalla y la ropa que prometió.

Cierro la puerta detrás de él y la cierro con llave cuando sale por segunda vez y me pongo a desvestir rápidamente. Una vez que estoy bajo el cabezal de la ducha, con el rocío ligero que se siente como lluvia goteando sobre mí, cierro los ojos, pero luego veo a Mayra con su enojo, mirándome. Jadeo, abriendo mis ojos de nuevo. Allí no hay nada. Miro por encima del hombro y una vez más confirmo que no hay nada allí. Mi corazón late con fuerza, claramente no recibo la nota. Me ducho rápido, me seco rápido y me cambió rápidamente a una camiseta larga y calzoncillos tipo bóxer. La camiseta es blanca y, aunque no es completamente transparente, sé que una ráfaga de viento mostraría mis pezones. No importa. Tengo voz en esto, me dieron una opción y elegí esto. Elegí estar aquí. Sellé mi destino yendo al carnaval, como había dicho River. Con ese pensamiento, entro al dormitorio. Estoy de pie en medio de la habitación, mirando una pintura de barcos en un océano enfurecido.

—¿Tus barcos? —pregunto.

—Algo como eso. —Él mira por encima del hombro—. ¿El agua estaba bien?

—Sí, en realidad sí, gracias.

—Espero que no te importe que me duche. También necesito una ducha con urgencia. Creo que tengo algo de brillantina pegada por todos lados.

Asiento. No veo ningún brillo en él, pero me gusta la idea de privacidad en esta habitación.

—Te quedas en tu casa. —Él señala alrededor de la habitación y la cama.

Observo mientras entra al baño y cierra la puerta. Solo entonces dejo escapar un suspiro. Solo mirar la cama me da sueño, así que camino hacia ella, estirando mis pies con cada paso que doy, y me subo. Huele varonil. Inhalo profundamente, cerrando los ojos mientras trato de descubrir el olor. Tiene un leve olor a colonia y manteca de cacao. Una mezcla interesante, pero buena, muy buena. Apoyo la cabeza en la almohada y dejo escapar una queja en voz baja. Es duro, como la cama. No puedo imaginarme sentirme cómoda en ella, pero entonces, mi comodidad no es para lo que me ha traído aquí, ¿verdad? Realmente no había pensado mucho en lo que sucedería a continuación.

¿Él saldrá desnudo del baño?

¿Listo para echarme uno?

¿Él me dejaría quedarme aquí y sólo dormir? Eso es dudoso. Él dijo que pasaría la noche con él y los hombres no dicen eso a menos que estén hablando de sexo.

Todos los que conozco, hombres y mujeres por igual, les gusta acostarse en la primera noche. La mayoría de ellos están en aplicaciones que se usan únicamente para conseguir acostones. Yo soy lo que a la gente les gusta llamar mojigata. No es que no me sienta cómoda conmigo misma, lo estoy, pero sufro de una aguda paranoia, al menos así me gusta llamarlo. Pienso todo dos y tres veces y, desafortunadamente, el sexo es una de las cosas que juega en mi cabeza un millón de veces antes de hacerlo, lo que significa que nunca lo he hecho. Simplemente no está en la lista de cosas que tengo que hacer, eso es todo. Mientras estoy allí, pensando en todas las cosas que podrían salir mal, ¿y si él no usa condón? ¿Qué pasa si el condón se rompe? Me trago una sensación de inquietud. Nada de eso sucedería y yo he sido muy rigurosa acerca de recibir inyecciones anticonceptivas durante años. No es que las inyecciones anticonceptivas me ayuden con una ETS. Respiro hondo y luego otro. Necesito calmarme. Espero y espero, mirando la habitación en penumbra, pero River nunca parece salir del baño. No estoy segura de cuánto tiempo he estado esperando, pero cuando siento que mis ojos se cansan y bostezo por sexta vez, sucumbo al sueño.

~~~

De alguna manera, sé que estoy soñando. Tal vez porque no estoy en la mansión Caliban, sino en mi propia casita en la playa en la isla Amelia. Abro los ojos y veo mi habitación, con las paredes y ventanas completamente blancas por todas partes. Una esponjosa almohada está debajo de mi cabeza y cuando inhalo espero oler la sal del océano justo afuera de las ventanas, pero en cambio, lo que huelo es una colonia masculina y manteca de cacao. Algo me tira hacia atrás. River. Como si lo hubiera llamado con mis pensamientos, él aparece a mi lado, y aunque sé que esto no es real, jadeo. Él está sin camisa, sus brazos musculosos y sus abdominales marcados se muestran completamente mientras apoya la cabeza en su mano. Él tiene esa sonrisa sexy en su rostro, la que hace que mi corazón palpite incontrolablemente. Él extiende la mano y acaricia mi piel desnuda, sus dedos se mueven lentamente a lo largo de la inclinación de mi cadera, hasta mi pecho, donde se detiene, su mirada todavía en la mía.
~~~

—¿Qué estás haciendo? —Susurro, aunque es una pregunta tonta.

—Qué quieres que haga. —Su mano ahueca mi pecho, su pulgar frotando mi pezón. El deseo me inunda, formándose entre mis piernas—. ¿Cuándo fue la última vez que hiciste esto, brujita?

—No sé. —Me muerdo el labio para no gemir cuando me pellizca el pezón, pero es inútil, el gemido me atraviesa con fuerza mientras mi cabeza cae hacia atrás.

Su toque deja mi pecho, explorando más abajo, hasta que llega a mi abdomen, y desliza su mano entre mis piernas, dos dedos recorriendo mis labios. Yo dejo escapar un suspiro tembloroso.

—¿Has hecho esto antes? —Sus cejas se arquean levemente. Yo niego con la cabeza—. ¿Como puede ser?

Sus dedos entran y salen, entran y salen. No está dentro de mí, pero lo siento en todas partes. Siento que mi corazón va a ceder de latir tan fuerte.

—No sé, no ha pasado y ya.

—¿Como puede ser? —me pregunta de nuevo.

—No lo sé. —Mi voz es temblorosa, sin aliento.

Si yo pienso que mi admisión lo hará calmarse, estoy equivocada. Él acerca su cabeza a mí. Mi corazón se detiene. Mis labios se separan. Sin embargo, no me besa, agacha la cabeza y lame el pezón que ha tocado una, dos, tres veces, cerrando la boca alrededor de él mientras sus dedos continúan moviéndose lentamente entre mis pliegues. Chillo, echo la cabeza hacia atrás y grito algo, no puedo estar segura de qué. Algo dentro de mí se rompe y cuando mueve su boca hacia mi otro pezón y continúa moviendo sus dedos, siento que me mojo increíblemente entre mis piernas y grito su nombre en un cántico.

River.

River.

River.

Todavía estoy jadeando, con los ojos cerrados, cuando recobro la conciencia, pero cuando abro los ojos no estoy en mi casita blanca, sino en un dormitorio oscuro. Jadeo, sentándome en la cama, sosteniendo las sábanas contra mi pecho. Miro a mi alrededor, pero no veo nada. Cuando miro a mi lado, veo a River tendido allí, profundamente dormido. Él no está desnudo. Puedo ver mucho. Pongo una mano sobre mi corazón y deseo que se calme. No había pasado nada. Fue un sueño. Un sueño muy, muy vívido. Mientras me recuesto en mi almohada, River se agita.

—Estás demasiado agitada, brujita —él murmura.

—¿Cómo me llamaste? —Jadeo, mi pulso se acelera de nuevo.

—Tenemos un largo día por delante. —Él se mueve en la cama y se gira hacia mí, su rostro increíblemente cerca del mío. Sus labios se curvan ligeramente—. Deberías descansar un rato.

Trago, asiento y me doy la vuelta para mirar hacia el otro lado. No puedo estar segura, pero parece que sabe lo que acabo de imaginar, soñar. Eso es imposible, ¿verdad? Me obligo a respirar normalmente.

Misión imposible.

CAPÍTULO ONCE

Hay un fuerte golpe en la puerta. Así es como me despierto por segunda vez. Rápidamente miro a mi lado para encontrar que River ya no está allí. De alguna manera, eso me hace respirar un poco mejor. El sueño todavía se está reproduciendo en mi mente, no solo el sueño, es todo. Mi cuerpo parece estar en llamas por eso. Mis pechos, entre mis piernas. Todo se siente como si hubiera sucedido. ¿O sí pasó? Vuelven a llamar a la puerta. Me aclaro la garganta, pero antes de que pueda invitarlos a entrar, la puerta se abre y aparece Gustavo, quien trae una maleta de esas de diseñador con él. La deja caer con un golpe y me mira. Incluso a la luz del día, él se ve amenazador, con la estructura física de un gigante, que lo hace parecer como si estuviera usando hombreras debajo de su traje.

—Buenos días, señorita. —Asiente—. El señor Caliban me pidió que le trajera esto. Me disculpo por haber tardado tanto, pero confío en que la ropa sea de su talla.

—Cómo pudiste… ¿adivinar mi talla?

—Talla seis. ¿Es eso adecuado? —me pregunta, pero antes de que pueda responder, él mira hacia el baúl, que tiene un papel metido en el costado que dice cuatro/seis. Él me mira—. También hay piezas de talla cuatro en el interior.

—Eso debería estar bien. —Me lamo los labios—. ¿Dónde está River?

—El señor Caliban está ocupado en el estudio. Una vez que esté lista, puede bajar las escaleras. Me han dicho que hoy tomará fotografías de la casa.

—Eso es correcto.

—Antes de que se me olvide. —Él vuelve a salir y lleva dos grandes bolsas de lona cuando vuelve a entrar. Los deposita junto al baúl—. Estos son artículos de tocador.

—Gracias.

—¿Eso sería todo?

—Sí, creo que lo has cubierto todo. —Sonrío agradecida. Él no lo hace.

Él sale de la habitación y cierra la puerta detrás de él sin decir una palabra más. Salgo de la cama y camino hacia el maletero, poniendo mi mano sobre el cuero. Mi madre tenía una maleta similar, fue un regalo de papi en uno de sus muchos viajes a París. Al crecer, nunca pude estar muy segura de por qué un fabricante de colchones y plásticos viajaba tanto, pero a medida que crecía y lo visitaba en las fábricas, comprendí que dependían de recursos externos para obtener materiales. La mayor parte de mi vida me habían dicho que heredaría esas empresas, algo que después de mi partida supe que sería improbable, y luego, años después, cuando mi madre me llamó un día y me dijo que mi padre le había vendido la empresa a otra familia y entregó cheques de despido a los empleados de mucho tiempo que habían decidido renunciar, lo lamenté.

Nunca quise las empresas, pero por alguna razón me dolió que le confiara a otra persona algo que le había sido heredado a él y no a su propia hija. Parte de mí piensa que es porque no soy un hombre. Si hubiera sido un hombre, estoy segura de que no me habría humillado o expulsado de la casa o desterrado. Si hubiera sido un hombre, mi padre se habría sentido orgulloso. Pero yo no soy un hombre. Solo soy una mujer con un problema entre las piernas.

El pestillo de la maleta es difícil de abrir, como si nunca hubiera estado abierto, pero logro abrirlo. Lo que encuentro dentro, me hace caer de culo. Literalmente. Hay un collar de diamantes que parece algo que la reina de Inglaterra tendría en su arsenal, colocado sobre una tela roja de seda que brilla en la poca luz reflejada en la habitación. Nunca me he puesto un collar como este. No estoy segura de querer la responsabilidad de llevar uno. Apenas me atrevo a dejarlo a un lado para mirar el resto, pero me las arreglo para recoger la seda y dejarla en el suelo a mi lado con cuidado antes de volver al baúl. Lo primero es un vestido rojo oscuro. Me paro, la seda roja del vestido, tan similar a la tela en la que está puesto el collar, golpeándome los antebrazos cuando se abre. Es exquisito. Una vez más, algo que no se parece a nada que haya usado antes.

Yo soy una chica con jeans ajustados y converse o sandalias, botas de combate cuando siento que necesito algo más de fuerza en mi andar. No uso joyas, ni vestidos elegantes, ni tacones, para gran consternación de mi madre. El vestido cuelga bajo entre los senos y la espalda está al descubierto. Es largo y tiene una pequeña cola. Con solo mirarlo se me acelera el pulso. ¿Usaré esto para la gala? ¿Es eso lo que quiere River? ¿Me quedará? ¿Realmente él me arrastrará aquí esta noche como había dicho? Quiero averiguarlo. Tal vez es porque nunca he sido la persona que la gente persigue. Tal vez es porque la idea de que alguien como River, guapo, rico, poderoso, saliendo de su camino para buscarme a mí es emocionante.

Recuerdo el recuerdo de mi sueño, tan vívido, tan escandaloso, diferente a todo lo que he experimentado. El mero pensamiento de eso me hace sonrojar. Mi abuela estaría tan avergonzada. Según ella, el sexo es algo que esperas para compartir con tu esposo. Incluso en un sueño está mal. Incluso sin querer. Probablemente ella me haría beber uno de sus brebajes para sacar al diablo de mí y hacerme rezar doce Avemarías. Dejo el vestido sobre la cama y vuelvo a revisar la maleta. El resto es más informal: pantalones beige, Blusas en colores claros y blanco, camisetas blancas, mocasines negros, cárdigans de diferentes colores. Todo es muy clásico, muy al estilo de Audrey Hepburn. Probablemente nunca me compraría nada de esto, pero descubro que en realidad me encanta. Hay ropa interior y sujetadores en una sección, de diferentes tallas, así que sé que no me han estado espiando ni nada. Todo es muy delicado, pero sexy. Encajes, perlas y mallas que, una vez más, no se parecen en nada a algo que yo tendría. El pijama también está hecho de seda, pantalones y botones que sólo he visto en revistas.

Agarro lo que usaré ahora y dejo a un lado el resto acomodado, colocando cada pieza de la forma en que la había encontrado, cuidadosamente doblada. Cuando termino de prepararme, me miro al espejo. La iluminación de este baño es atroz, pero, aun así, me siento bonita. Me siento… elegante con mi atuendo beige. En lugar de ponerme el cárdigan, me lo ato alrededor de mis hombros y salgo de la habitación, sintiéndome como una mamá de tenis en camino a recoger a sus hijos. Cuando salgo de la habitación y cierro la puerta silenciosamente detrás de mí, me congelo. Mayra está parada frente a mí, luciendo como si hubiera estado aquí durante horas. Sus ojos oscuros me dan un barrido completo.

—Veo que te has ayudado con la ropa.

—Sólo por insistencia de tu jefe. —Le devuelvo la mirada, a pesar de que el corazón me late con fuerza en los oídos.

—No perteneces aquí, espero que lo sepas. —Entrecierra los ojos—. Pero supongo que tendremos que entretenernos con tu miserable presencia mientras estás aquí.

—Miserable. —Suelto una carcajada, negando con la cabeza. Ahora estoy molesta—. ¿Hay alguna razón por la que estás aquí ahora mismo?

—El señor Caliban quiere que la acompañe a su oficina. —Ella se da la vuelta y comienzo a caminar rápidamente.

La sigo a un ritmo más pausado. Pienso que, si me pierdo, me pierdo, pero no estoy dispuesta a jugar los estúpidos juegos de esta mujer. Ella parece caminar por muchos pasillos antes de llegar a la escalera de caracol. Definitivamente no es la ruta que habíamos tomado arriba y sé que ella tiene la intención de ponerme las cosas difíciles. Cuando llegamos a las grandes puertas dobles de madera, ella deja de caminar y extiende una mano para abrirlas.

—Señor, su invitada ha llegado —anuncia, entrando y esperando a que yo entre detrás de ella.

Parpadeo. Cuando ella dijo un estudio, esperaba una habitación con un escritorio, no una biblioteca enorme con techo abovedado. Como el resto de la casa, se ve… vieja. En descomposición, con papel tapiz que se ha desprendido en algunas secciones y bronce oxidado en el candelabro. No puedo entender por qué una familia con tanto dinero dejaría que esta casa se derrumbara así.

—Gracias, Mayra. Eso será todo —dice River, interrumpiendo mis pensamientos. Parpadeo y lo miro antes de que mi atención se vuelva hacia Mayra que me está mirando.

—Estoy segura de que te veré por ahí. —Su sonrisa no llega a sus ojos cuando me mira justo antes de girarse para salir de la habitación.

—Interesante *estudio*. —Lo miro, finalmente. Él está sentado detrás del escritorio, vestido con una camisa blanca y las mangas dobladas.

Tiene un aspecto clásico, el estilo de una vieja estrella de Hollywood, con su piel naturalmente dorada, la cabeza llena de cabello oscuro y una estructura ósea perfecta. Él podría interpretar el papel principal en cualquier película. Vuelvo a pensar en el sueño y siento que mi corazón late un poco más rápido. Había sido un sueño. Un sueño que conjuré. Parpadeo para alejarme de mis pensamientos cuando me doy cuenta de que todavía me está mirando, como si espera que agregue a mi declaración anterior.

—¿Qué tiene de interesante el estudio?

—Todo ello. El techo, la grandeza. —Miro la gran vidriera de colores detrás de él. Parece algo que pertenece a una basílica, no a un hogar—. La ventana es especialmente hermosa.

—¿Lo es, no? —Él se gira en su silla y la mira—. Un regalo del Papa.

—¿El Papa? —Parpadeo—. ¿Cuál?

—Uno de los Pius. Siempre los confundo.

—Nunca había visto esta imagen en particular. —Camino hacia adelante, rodeo el escritorio e inclino la cabeza para mirar de cerca la ventana—. Es… diferente.

El vidrio tiene claros y amarillos, azules y grises y muestra la interpretación típica de Nuestra Señora de la Caridad sosteniendo a un bebé y ascendiendo a las nubes mientras un naufragio tiene lugar en aguas turbulentas debajo de ella. *Un regalo de un Papa.* Niego con la cabeza. Wela estaría fuera de sí si estuviera en la mera presencia de algo como esto, conociendo su origen.

—¿Un regalo por qué? —Miro por encima del hombro. La mirada oscura de River está clavada en la mía, como si me hubiera estado observando todo el tiempo, a pesar de que me han dado la vuelta.

—Un regalo por una maldición.

—¿Qué quieres decir?

—¿Cuánto sabes de mi familia?

—Suficiente para saber que no debería estar aquí.

—¿No tomaste la fotografía más famosa jamás tomada de la casa? —Él arquea una ceja—. ¿Por qué no prestaste atención a esas advertencias entonces?

Me siento un poco acobardada. He defendido eso de tener esa foto para mí, para mis padres, para mi familia, pero me quedo sin palabras cuando se trata de alguien de la familia Caliban real. Quiero decir, me he beneficiado mucho de esa fotografía y técnicamente no tengo derecho a ella, y eso es solo la punta del iceberg cuando se trata de ese tema. Me concentro en tomar fotografías de la arena. Finalmente, pienso, que se joda, y lo miro a los ojos de nuevo.

—¿Estás ofendido?

—¿Por qué me sentiría ofendido? —Él se cruza de brazos—. Quiero decir, además del hecho de que traspasaste una propiedad privada y tomaste una foto de una de las casas más buscadas del mundo y luego te aprovechaste de ella y ni siquiera pensaste en pedir nuestro permiso antes de hacerlo.

—Ay. —Aparto la mirada de la suya y vuelvo a mirar por la ventana. Nada de lo que he dicho está mal, ¿y qué se supone que tengo que decir? ¿Que no recuerdo haber tomado la foto en absoluto?

—Está en el pasado.

—Y, sin embargo, lo mencionas de forma tan detallada. —Tomo y dejo escapar un suspiro antes de mirarlo a los ojos de nuevo—. ¿Fue por eso por lo que me elegiste? ¿Es por eso por lo que me quieres aquí? ¿Para ridiculizarme?

—¿Te he ridiculizado?

—No.

—Entonces ahí está tu respuesta.

—Realmente no. Para nada. —Siento que mi ceño se profundiza y decido dejar lo pasado—. Me gustaría tomar las fotos ahora.

—¿Antes de desayunar?

—Me gustaría aprovechar la luz. —Vuelvo a mirar a la ventana, negando con la cabeza. La luz acaba de desvanecerse y ya no hay.

—¿No es para eso para lo que está la tecnología? Supongo que podrías iluminar las imágenes.

—Bueno, sí, pero ¿por qué voy a hacerlo? —Camino de regreso a la puerta, sacando mi cámara y destapando la lente mientras lo hago. Me giro para mirar hacia la habitación y levanto la cámara, apuntando la lente en su dirección. Tomo una foto, luego otra, obteniendo un ángulo completo de la habitación. Pero tendré que retocarla con Photoshop.

—Ahí estás de nuevo, tomando fotos sin permiso. —Él se pone de pie y rodea el escritorio para unirse a mí. Huele como su cama, como una colonia varonil en la que quiero ahogarme.

—¿Dejarás los muebles? —Tomo una foto, luego otra.

—Eso creo. No puedo imaginarlos encajando en ninguna casa nueva.

Asiento. River me escolta fuera del estudio y me acompaña por el pasillo hacia la puerta principal.

—¿Estás segura de que no quieres desayunar primero?

—Estoy segura. Gracias. —Lo miro—. ¿Tú desayunaste?

—Hubiera sido de mala educación comer sin mi invitada.

—Oh. —Bajo la cámara y dejo que la correa cuelgue de mi cuello—. Supongo que puedo tomar un café.

No sonríe, al menos no con la boca, pero sus ojos se iluminan. Gira a la derecha antes de que lleguemos hasta la puerta y me acompaña al comedor.

CAPÍTULO DOCE

Me detengo en el umbral. En la mesa se podrían sentar veinte o treinta, fácilmente, y está preparada para un festín. Sin embargo, nada más hay dos cubiertos, en el lado derecho de la mesa, uno frente al otro.

—¿Esto es solo para nosotros? —Miro a River con los ojos muy abiertos.

—No tenemos invitados a menudo, por lo que al personal le gusta hacer un espectáculo cuando viene gente.

—Vaya. —Me acerco a una de las sillas y toco la parte superior del intrincado diseño de madera. La tapicería parece anticuada, con una tela marfil con flores rosas bordadas, pero la madera está intacta y parece tener oro en los bordes.

—Fueron importados de Italia. —River camina hacia la silla frente a mí, poniendo una mano sobre ella mientras me mira. Me doy cuenta de que él está esperando a que me siente primero, y una vez que lo hago, él hace lo mismo. Hay tres bandejas de plata y dos cestas de pan. Si antes no tenía hambre, definitivamente ahora sí.

—Sírvete tú misma —él dice.

—Gracias. —Sonrío y me quedo con mi plato, inclinándome para servirme de la primera bandeja.

Está lleno hasta arriba con salami. Es una exageración de comida. Tomo dos piezas, la cierro y paso a la siguiente mientras River sigue mis pasos y se sirve. Hay huevos escalfados y huevos fritos. Tomo un huevo frito y un poco de puré de plátanos, luego me sirvo café y le echo crema y azúcar.

—¿Qué haces con las sobras? —Revuelvo el café.

—El personal se lo come.

—¿No han comido? —Dejo de revolver.

—Ellos comen después de que nosotros comemos.

—No es de extrañar que sean tan malos.

—¿Qué quieres decir?

—Mayra ha estado planeando mi muerte desde el momento en que entré aquí.

—¿Ah sí? —Él sonríe, pero no es amable y no hace nada para disipar mi miedo.

—Quiero irme después de tomar las fotos.

—¿Por qué querrías irte? —Él se encuentra con mi mirada, aparentemente desconcertado por esto.

—Se supone que debo reunirme con mis amigos para tomar algo.

—Tus amigos estarán aquí más tarde esta noche. ¿Por qué no simplemente disfrutar de las festividades y marcharse con ellos?

—Prefiero no esperar hasta entonces.

—¿Te sientes incómoda aquí? —Sus cejas se arquean levemente—. ¿Es Mayra? Puedo despedirla.

—¿Despedirías a alguien de tu personal por mí? —Parpadeo, negando con la cabeza—. No. Eso es... eso sería horrible. Y no es ella.

No *solo ella*, quiero decir, pero no lo hago. River no discute más. Terminamos de comer tranquilos y me muestra las zonas que puedo fotografiar.

—Es tan… anticuado —le digo, sentándome en un banco frente a la escalera para desplazarme por las fotos que he tomado. Algunas de las alas están prohibidas, pero estas servirán. Se sienta a mi lado y mira por encima del hombro mientras me desplazo.

—¿No es tu estilo?

—Todavía no estoy segura de cuál es mi estilo en lo que respecta a la decoración del hogar. Estoy alquilando por ahora y la casa viene completamente amueblada. —Hago clic en la siguiente, de una de las seis salas de estar, está en particular es de color púrpura oscuro, todas las paredes del mismo color, todos los muebles siguen el esquema, así como la alfombra—. Pero este definitivamente no es mi estilo.

—¿Tu estilo es más el de una casa pequeña con un toque moderno cerca del agua?

Mi cara se enardece, el corazón late con fuerza.

—¿Como sabes eso?

—¿Saber qué?

—Sobre mi casa.

—No lo sé a ciencia cierta. Supongo que te estoy haciendo una pregunta. —Él ladea la cabeza—. La mayoría de la gente de las islas tiende a gravitar hacia el agua. Nos atrae mucho, ¿no crees?

—Oh. Bueno, yo vivo en la isla Amelia, cerca de la playa. Por ahora, de todos modos, así que supongo que tal vez estés en algo.

—¿Por ahora? ¿Dónde vivirás para siempre?

—No estoy segura. —Vuelvo a mirar las fotos—. Tal vez ahí. Quizás en Europa. No cerca del mar.

—Eso no es probable.

—Basado en sus suposiciones. —Me siento sonreír—. ¿Qué haces de todos modos? ¿Tú trabajas? ¿Fuiste a la escuela? ¿Tienes una vida? ¿Eres solo un chico de un fondo fiduciario que vive una vida de chico de un fondo fiduciario?

—Hace mucho no soy un chico. —Él deja escapar una carcajada. No se equivoca. No quiero preguntarle cuántos años tiene, pero supongo que está más cerca de los treinta que yo—. Tengo treinta y dos.

—Oh. Vaya. ¿Y no quieres una esposa o una familia? —Frunzo el ceño.

—¿Crees que alguien me querría como esposo?

—Esto… sí.

Él sonríe ante eso.

—Quiero decir, basándome en todos los seres humanos horribles que terminan con familias, quiero decir —le digo—. No es que seas un ser humano terrible.

River se ríe entre dientes, sus ojos bailando.

—Lo que quiero decir es que creo que hay alguien para todos. —Aparto la mirada para ocultar mi feroz rubor, sabiendo que todo el maquillaje del mundo o mi tez aceitunada no lo cubren.

—Estoy de acuerdo. Creo que hay alguien para todos —me dice—. No me llamaría un chico de un fondo fiduciario, pero supongo que, para simplificar las cosas, estoy en el negocio familiar. Tengo cosas que hago para divertirme, para satisfacerme, por así decirlo.

—Oh. —Arqueo una ceja—. ¿Qué haces que sea satisfactorio?

—Haces muchas preguntas. —Aparta la mirada de la mía.

Lo sigo y veo que Mayra está parada al otro lado de la escalera, justo en la entrada del pasillo por el que River no me permitió caminar para fotografiar. Ella nos está mirando. Trago en seco, odiando la inquietud que me produce su presencia. ¿Es una antigua amante de River? ¿Es por eso por lo que me odia tanto? Porque de verdad, ella podría tenerlo. Ningún hombre vale ese tipo de problemas u odio.

—Ignórala. —River me mira, apartando mi atención de Mayra. La miro una vez más, pero se ha ido.

Dejo escapar un suspiro.

—¿Por qué me odia tanto? ¿Es una de tus ex?

—No.

—¿Alguien con quien te acuestas, pero no te tomas en serio? —Mi corazón deja de latir por un segundo, como si anticipara el dolor que su respuesta podría traer.

—Muchas preguntas. —Su boca se crispa—. Vamos, te mostraré el exterior y luego te llevaré de regreso a Pan.

Cuando caminamos hacia la puerta y él la abre, y siento que respiro un poco mejor. Después de todo, no me tiene como rehén. La niebla parece haberse disipado. Cuando miro hacia el cielo, no puedo ver el sol, pero el cielo está mayormente despejado, lo cual es inesperado. Miro a lo lejos, esperando ver alguna señal de agua, pero tampoco hay ninguna. Es como si hubiera desaparecido por completo. No puedo evitarlo, bajo los escalones rápidamente y salgo al césped. La hierba es increíblemente verde, no está cubierta de arena oscura como esperaba. Miro el árbol que había visto anoche y veo que tiene hojas verdes cubriendo cada rama.

—Imposible. —Camino hacia el árbol y miro.

—¿No es eso lo que es la vida? Una serie de imposibilidades. —River camina a mi lado. Niego con la cabeza, con la boca abierta y lo miro.

—¿Pero cómo?

—Lo llaman El árbol de la vida. —Él mete las manos en los bolsillos—. Algunos dicen que puede curar cualquier cosa. Otros dicen que puede maldecir cualquier cosa. Supongo que, como todas las fuentes de energía, depende de cómo la uses.

—¿Crees en eso? —Miro entre él y el árbol antes de posarme sobre él.

—Lo he visto funcionar.

—¿Entonces, por qué no usar las hojas para curar a tu padre? ¿No dijiste que él está enfermo?

—Asumes que él quiere ser curado.

Frunzo el ceño.

—¿No todos los enfermos quieren curarse?

—Mi padre ha vivido una vida larga y satisfactoria. Ha estado listo para trascender durante bastante tiempo.

—Pero… en teoría, si comiera algunas hojas o tomara un té o lo que fuera, ¿viviría más?

—Si él quiere.

—¿Qué quieres decir si él quiere?

—Si toma un té con las hojas, probablemente olvidaría el dolor en el que se encuentra. No prolongaría su muerte inminente.

—¿Por qué no?

—Porque no es lo que él quiere. De todos modos, no realmente.

Él saca las manos de los bolsillos y se pasa los dedos por el pelo con una.

—La gente cree que sabe lo que quiere, pero no es así. Ha sido probado una y otra vez. Una persona pobre reza por una fortuna, recibe dicha fortuna y permanece infeliz. —Él se encoge de hombros—. Los humanos somos iguales en todos los ámbitos. Siempre infelices. Siempre buscando más. Nunca satisfechos con lo que tienen.

—Y luego morimos —le digo.

—Y luego mueren. —Él sonríe.

—Ni siquiera sabía que las brujas podían morir. —Echo un vistazo a la casa. Es hermosa, a pesar de su oscuridad.

—¿Quién dice que pueden?

—¿Tu padre es un brujo?

River se ríe entre dientes.

—¿Él tuyo lo era?

Frunzo mis labios ante eso. *Touché*. Él se ríe más fuerte, esa carcajada real que presencié anoche. Realmente es un sonido hermoso. La niebla se levanta un poco más, las nubes se abren tan, solo un poco, para que el sol brille. Miro hacia arriba para ver el único rayo de sol atravesando las nubes. Me toma un segundo reaccionar, pero cuando lo hago, agarro mi cámara y comienzo a tomar fotos de la casa. Camino hacia el frente y tomo un poco más. Con la luz, la hierba verde y el árbol fructífero, parece un sueño. Una casa con un porche envolvente para tomar el té en un caluroso día de verano y un patio para correr.

—¿Cuántos acres rodean la casa? —Tomo una foto de las flores cerca de mis pies, no para la compañía de bienes raíces o para mi blog, sino porque me veo obligada a hacerlo. Parecen dalias rosas.

—Diez acres. —River camina hacia mí, parándose a mi lado nuevamente. Él sigue mirando por encima de mi hombro para ver la lente de mi cámara, que es algo que normalmente no soporto que la gente haga, pero no me importa cuando él lo hace. Además, es su casa.

—Diez acres es mucho.

—¿Sabes que esto es una isla, verdad? —Él suena divertido—. Tenemos alrededor de veinticinco mil acres en total, más o menos.

Levanto las cejas.

—Quiero decir, supongo que no existe una definición que diga que una isla no puede ser solo un punto mientras esté rodeada de agua.

—Sí, esa es la definición de una isla, Penelope. —Él se ríe entre dientes—. Lo que quiero decir es que esto es un pedazo de esa isla.

Entonces señala en dirección a Pan.

—También una gran parte. ¿Pan tiene qué, doscientas cuarenta millas de largo?

—Algo como eso.

—Dicen que originalmente, antes de la maldición, antes de todo, no había parte entre esto y aquello y que toda la isla medía doscientas ochenta millas más o menos.

—No parece que sean cuarenta millas. —Miro alrededor.

—Nunca lo sabrías porque estás justo en la entrada. Tenemos millas y millas detrás de nosotros, restaurantes y supermercados y todo lo que se supone que debe tener una isla habitada.

—¿Qué? —Parpadeo—. De ninguna manera. ¿Quién vive aquí?

—Gente.

Busco sus ojos. Él me devuelve la mirada. Tiene sentido. Su personal tiene que venir de alguna parte. Es solo que siempre asocié la isla Dolos con la mansión Caliban y nada más.

—¿Qué tan grande es la casa?

—Aproximadamente mil trescientos metros cuadrados.

—Vaya —susurro, alejándome, un poco más.

Sin embargo, mis pies no siguen caminando, ni siquiera a medio camino de las puertas de hierro negro. Tal vez es porque ahora sé que tendré que bajar por ese gran camino sinuoso para llegar allí o porque estoy medio esperando que el agua vuelva a inundar. ¿Y si lo hiciera y estuviera parada aquí? La preocupación me deja inmóvil. ¿Y si el agua volviera? ¿Y si nos cubriera y nos ahogáramos? Trago saliva. ¿Y si esa fuera mi penitencia por mi deseo, por mi éxito?

—Te preocupas demasiado —dice River, sorprendiéndome.

—¿Qué? —Me encuentro con su mirada.

—El agua no vendrá. Eso es lo que te preocupa, ¿no es así?

—¿Cómo sabes que no lo hará? ¿Cómo sabes que una ola no nos golpeará y nos ahogará?

—Porque me he parado aquí innumerables veces y he conducido hacia y desde la casa todos los años esta semana.

—¿Y tú solo… confías en que no sucederá? — Observo su perfil.

—No confío en que no sucederá. —River me mira, una pequeña sonrisa tirando de un lado de su boca.

Mi corazón late tan rápido que no puedo recordar qué es lo que me preocupaba hace un segundo. Parpadeo para alejarme de su mirada y miro hacia atrás, hacia donde sé que están las puertas, una extensión de la nada lo cubre.

—¿Estás lista para irte? —él pregunta después de un momento.

—Sí. —Lo sigo hasta el R8 gris oscuro que nos espera al costado de la casa—. ¿Por qué tienes carros tan bonitos si no tienes dónde conducirlos?

—¿Quién dice que no tengo a dónde llevarlos? —Él me mira una vez que estamos dentro del carro. Me pongo el cinturón de seguridad. Él no lo hace.

—No sé. Quiero decir, supongo que puedes conducirlo por Dolos si es una isla tan desarrollada como dices. —Me encojo de hombros.

—Conduzco en muchos lugares.

—¿Esperas con ansias la fiesta todos los años?

—En verdad, no. No soy fanático de tener extraños en mi casa. —Él me lanza una mirada—. Eres una excepción.

No quiero que esa declaración me haga sonreír, pero no puedo evitar que lo haga.

—Estás a punto de dejar entrar a muchos extraños a tu casa si realmente quieres venderla.

—No.

—¿Qué quieres decir con eso? —Dejo escapar una carcajada—. La gente querrá hacer un recorrido.

—La gente hará recorridos virtuales. Para eso estás aquí.

—Esto no es una cámara de video. —Agito mi cámara.

—Las fotos serán suficientes.

—No… no es así como funciona esto, no para una casa que se cotiza en quince millones de dólares.

—Tendrá que ser suficiente y como estoy seguro de que quieres que este acuerdo se lleve a cabo tanto como yo, supongo que editarás las fotografías y las harás funcionar. Seguramente también obtendrás una parte de eso.

Lo miro por un segundo, con la mandíbula crispada. Él me devuelve la mirada. Para alguien que promociona que todo es cosa del pasado, seguro que tiene una actitud amarga. Una actitud amarga que por alguna loca razón quiero corregir. No quiero que me vea de la forma en que los veo a ellos. No es como ellos.

—Mira. —Respiro hondo y lo intento de nuevo—. Sé que nuestras familias tienen una larga historia de… desdén.

—¿Desdén? —Él se burla—. Tu familia inició el rumor de que éramos adoradores del diablo.

—Y en nombre de ellos, me disculpo por las molestias, pero no parece que lo estés haciendo mal. Quiero decir, tienes mucha tierra fuera de esta isla. ¿Qué más podrías querer?

—Te sorprenderías de las cosas que quiero. —Su expresión se ensombrece cuando dice esas palabras.

Mi corazón se hunde en mi pecho. El sueño vuelve a brillar en mi cabeza y parezco perder el hilo de mis pensamientos por un momento. Parpadeo para alejarme de él y niego con la cabeza por si acaso.

—Lo que estoy diciendo es que no puedo imaginar que ser insultado sea un gran inconveniente para una familia como la tuya.

—Ciertamente no es un inconveniente para los Guzmán que nuestro nombre se empañe. Tu familia emplea a la mayor parte de la isla.

—La tuya emplea a muchos miembros de nuestra familia. —Siento que mis ojos se estrechan—. Y algunos han desaparecido.

—Uno desapareció.

—Oh, entonces ya sabes lo de Esteban.

—He oído hablar de él. ¿Eran cercanos?

—Sí. —Miro para otro lado.

—Bueno, entonces, mis condolencias.

—¿Es en serio? —Lo miro de nuevo—. Mi abuela me dijo que tu padre nunca dejó que mi familia cruzara las puertas para que lo comprobaran por sí mismos.

—Mi padre podría ser un gilipollas cuando se le antojaba.

—¿Un poco? ¿Alguna vez has perdido a alguien y no tienes un cuerpo por el que llorar y enterrar? —Dejo que mi cámara se balancee, el peso del movimiento me rasca la nuca—. Es terrible. Un proceso de duelo sin fin.

—Lo sé. —Su voz es casi un susurro, pero sus palabras son claras.

Si no hubiera sido por la angustia que brilla en sus ojos, le habría descubierto su mentira. En cambio, me trago el resto de mis palabras. No había venido aquí para culparlo por asuntos que no puedo ayudar y con los que no tiene nada que ver. Hacer eso no me haría mejor que cualquiera de mis predecesores y siempre dije que había terminado con sus juegos. Respiro hondo y exhalo, inclinando ligeramente la cabeza hacia arriba para encontrarme con su mirada de nuevo.

—Hagamos una tregua, por ahora al menos.

—¿Por ahora? —Sus ojos brillan—. ¿Eso significa que todavía podrías usar esas botas de combate que trajiste para patearme?

—Olvidé mis botas. —Jadeo, girando en mi asiento.

—¿Quieres volver? —Él arquea una ceja.

—De ninguna manera. Le pediré a Dee que me las consiga esta noche. —Ya casi estamos en la puerta y estoy medio asustada de lo que podría pasar si nos volvemos ahora.

—¿Entonces, *quieres* patearme con ellas?

—Si me das motivos.

—Puede que tenga que hacerlo. —Cuando sonríe, es todo lo que me han advertido. Diabólico, seductor, *terriblemente seductor*. Él también lo sabe. Sabe que me tiene. Sin embargo, no hace alarde de ello, no como todos los chicos de mi edad lo hacen. En cambio, estaciona el carro frente a las puertas de hierro y lo apaga—. ¿Vamos?

—Tengo una pregunta más. —Salgo del carro, al igual que él. Me abre la puerta y me doy cuenta de que Gustavo está parado al otro lado con un grupo de hombres, vigilando el área general.

—¿Sí? —River inclina la cabeza mientras me acompaña fuera de las puertas y de regreso a la isla Pan.

—¿Cómo sabías que estaría en el carnaval?

—Sólo una corazonada.

—¿Una corazonada? —Frunzo el ceño—. ¿Miraste la lista de asistentes?

Si hubiera mirado la lista, habría visto mi nombre en ella. Todos tuvimos que firmar al entrar. Aunque no estoy segura de por qué alguien se molestaría en mirar la lista de nombres y una lista de nombres no incluye caras. A menos que lo haga. Nunca vi la lista.

—No.

—¿Entonces, cómo sabías que estaba allí?

Me mira fijamente durante un largo y tranquilo momento. Siento que cada cabello se eriza, cada terminación nerviosa está en alerta, antes de que finalmente aparte la mirada. Mi corazón palpita de forma errática. River es guapo, sí, pero esto es algo más. Esto es… inexplicable.

—Una corazonada. —Se encuentra con mi mirada de nuevo—. Debes estar lista a las cinco y media. Te enviaré tu vestido con Gustavo.

—¿Qué? ¿Enviarlo a dónde? Ni siquiera voy a ir a la fiesta.

—Gustavo —dice River en voz alta—. Que se sepa que elijo a Penelope Guzmán para que me acompañe esta noche.

—Sí, señor.

—¿Se atreve a desafiar las reglas, señorita Guzmán? —Sus ojos están brillando con picardía cuando me mira de nuevo.

Se me cae la boca. Me toma un segundo recuperar mi ingenio antes de poder responder—: Ni siquiera sé dónde estaré. No voy a volver a casa y…

—Dile a la señorita Dolly que necesitarás la habitación de arriba. Eso debería cubrirlo.

Parpadeo.

—Ni siquiera… Dolly… Quiero decir…

—Penelope.

—¿Qué?

—Ve con Dolly. Tus amigos te están esperando. —Él levanta una mano y me acaricia la cara—. Te veré más tarde.

Dicho esto, se da la vuelta y pasa por delante de la puerta de nuevo. Mi boca todavía está abierta mientras lo veo entrar en el carro y alejarse. Lo único que puedo pensar es ¿qué diablos acaba de pasar?

Y la única respuesta que se me ocurre es River Caliban. Eso pasó.

CAPÍTULO TRECE

Cuando abro la puerta del bar de Dolly y entro, todas las cabezas se giran hacia mí. Dee y Martin están sentados en nuestra mesa habitual, pero antes de que me dirija allí, me acerco a Dolly, que estaba detrás de la barra, primero.

—Él me dijo —ella me dice cuando la alcanzo—. Te llevaré en un minuto. Estoy segura de que quieres descansar.

—Estoy bien.

—Okey. —Ella arquea una ceja—. Ya dejé tu martini en la mesa de allí.

Camino hacia mis amigos. Ambos están con los ojos muy abiertos, mirándome mientras me deslizo en el asiento frente a ellos y tomo un sorbo fuerte de martini, tosiendo cuando el vodka me golpea fuerte.

—En primer lugar, ¿quién eres? —pregunta Dee.

—¿Qué? —Parpadeo.

—¿Qué llevas puesto? Estás vestida… ¿con colores claros? —Ella parece confundida—. Parece que acabas de salir de un comercial de Ralph Lauren.

—Oh. —Me miro a mí misma y me río—. Como que me gusta.

—Te queda bien. —Dee cruza las manos frente a ella—. Suéltalo todo.

—No hicimos nada. Hubo una pequeña fiesta cuando llegamos allí y luego dormimos en la misma cama, pero él no hizo nada, y él me dejó tomar fotos de parte de la casa esta mañana antes de traerme aquí. —Tomo otro sorbo—. Él me eligió de nuevo hoy.

—¿Te eligió de nuevo? —Dee levanta las cejas.

—¿Y todo lo que hicieron fue dormir uno al lado del otro? —Las cejas de Martin también se levantan.

—Créeme, yo tampoco lo entiendo. Siento que esto es una especie de plan de venganza, pero no lo es… Quiero decir, no me ha hecho nada malo.

—Aún. —La boca de Dee se forma en una delgada línea.

—Aún —estoy de acuerdo.

—¿Qué puede hacer él? —pregunta Martin—. Él parece estar perfectamente bien.

—Demasiado perfecto —dice Dé—. Y él es de esa isla. Ella hace una mueca de disgusto.

—Técnicamente, sí, pero él vive en Londres, Francia, Grecia. No es que el hombre no haya viajado mucho y solo esté atrapado en un lugar —dice Martin.

—¿Cómo lo sabes? —pregunto.

—Presto atención. —Martin toma un sorbo de su bebida, con la cara enrojecida—. Y yo acecho discretamente a los Caliban.

—¿Estás enamorado de él o algo así? —Dee arquea una ceja interrogante.

—No nada de eso. Simplemente los encuentro fascinantes. Ellos son la razón por la que comencé a visitar la isla Pan para empezar. Todas esas leyendas, ya sabes.

—Oh Dios —gruño—. Odio lo que le hizo esa foto a esta isla.

—No te ofendas, pero las leyendas estaban bien establecidas antes de que tu foto saliera a la luz o *The Haunt* se convirtiera en algo.

—Eso realmente me hace sentir un poco mejor. —Termino mi trago—. Entonces, ¿qué aprendiste sobre los Caliban?

—Poco. No hay mucho que yo crea que sea real de todos modos. Me enteré de que la maldición causó una ruptura literal, cuando lo que ahora se conoce como la isla Dolos se separó de la isla Pan.

—¿Cómo sucedió eso? —Me siento más derecha.

—¿Cuál fue la maldición? —pregunta Dee.

—Hay diferentes versiones. Sobre todo, creo que los Guzmán no querían que los Caliban se mudaran a su tierra. Los Guzmán fueron los primeros en llegar. Ellos fundaron la isla Pan. Poseían las cosechas y estaban orgullosos de haber liberado a su gente. Cuando los Caliban se mudaron con sus promesas de ser amables, se les dio una oportunidad, pero se dice que rompieron esa promesa.

—¿Cómo? —Me inclino hacia adelante—. ¿Que hicieron?

—Volvieron a esclavizar a la gente. Mujeres violadas. Las embarazaron. —Martin me lanza una mirada cargada de significado—. No es que tu gente no les estuviera haciendo lo mismo, pero obviamente tu gente prácticamente es dueña de esta isla hasta el día de hoy, por lo que los recorridos son muy unilaterales.

—Nada de esto importa —dice Dee—. No debes sentirte mal por besar a un hombre que tuvo tan poco que ver con esto como tú.

—No nos besamos. —Trago saliva.

—Pero si lo hicieras, no sería terrible —agrega Martin.

—Sigue siendo un Caliban.

—Y sigues siendo una Guzmán. Lamento decirlo, pero en la mayoría de las cosas que encontré fuera de estos recorridos, tú eres el malo.

—No soy un chico. —Arqueo una ceja—. Además, como dijo Dee, no puedo ser crucificada por los pecados de los que vinieron antes que yo.

—¿Pero él puede?

—No lo voy a crucificar.

—Puede que no lo estés, pero la ciudad sí. Anoche, después de que te fuiste, comenzaron una serie de disturbios.

—¿En serio? —Miro a Dee.

—Digamos que no quieres ir a visitar a tu abuela en este momento. —Ella se muerde el labio—. Sin embargo, se calmó rápidamente.

—Ay Dios mío. —Entierro mi rostro en mis manos—. Ahora van a pensar lo peor de mí, incluso si no hice nada en absoluto.

—Yo diría…

Gruño.

—Penny, estoy lista para ti. —Esa es Dolly, sonriendo mientras se acerca.

—Tengo que irme. Los veré más tarde.

—¿Entonces irás a la fiesta esta noche? —pregunta Dee.

—Eso creo. —Me encojo de hombros—. Supongo que sí.

—Hasta entonces. —Ella sonríe—. No te preocupes, estamos de tu lado.

Los despido con la mano y sigo a Dolly hasta la parte trasera del bar y luego subo un tramo de escaleras que nunca había visto antes. Caminamos hasta el tercer piso y ella me da un juego de llaves.

—Este es el único que tengo, así que es mejor que no lo pierdas.

—No lo haré. —Miro las llaves y la única puerta en el piso antes de acercarme y abrirla—. ¿Es esto… De él?

—Sí, señorita, lo es. —Dolly sigue me meto dentro, accionando el interruptor del ventilador cuando entramos—. Se siente mal ventilado aquí.

Me detengo junto a la puerta. Es todo lo que la mansión no es. Nuevo. O, mejor dicho, restaurado, ya que sé la antigüedad de este edificio. Aun así, los pisos de madera gris lavada y todos los muebles blancos le dan a todo el lugar una sensación de amplitud. La pared está desnuda, y las que no están así tienen arte genérico en ellas, que no pienso que River hubiera elegido.

—¿Él viene aquí a menudo?

—Bastante a menudo.

—¿Cómo llega él aquí? —Me giro hacia Dolly.

—Como él quiera, amor. —Ella se ríe—. Helicóptero, yate, no lo sé. El hombre tiene los medios para viajar, eso es seguro.

—¿Entonces, por qué ser dueño de este apartamento en una isla a la que ni siquiera le gusta?

—Esa es una pregunta que tendrías que hacerle a él. —Ella me regala una pequeña sonrisa que me dice que sabe la respuesta a esa pregunta, pero no tiene la libertad de decirlo o simplemente no quiere hacerlo—. Te avisaré cuando Gustavo esté aquí con tu ropa para la fiesta de esta noche.

—¿Vas a ir a la fiesta?

—¿Te parezco loca? —Desde la puerta me fulmina con la mirada—. No me atraparían muerta en la isla Dolos después del anochecer.

—¿Por qué no?

—Tengo mis propios demonios. No necesito ir a la guerra con las almas perdidas. —Cierra la puerta entre nosotros antes de que pueda hacer más preguntas.

Estuve en Dolos después del anochecer y no pasó nada. Niego con la cabeza. Precisamente por eso no creo en ninguna de las historias que cuenta mi abuela. En lo que a mí respecta, son puros inventos de la gente. Me ocupo de mirar alrededor del apartamento, tratando de ver si puedo encontrar algo que pueda darme una idea de la vida de River, pero me quedo corta. Cuando me canso de buscar, voy al dormitorio y me meto debajo de las mantas. Inhalo. Las sábanas huelen a él. Es débil, como si no hubiera estado aquí en un tiempo, pero está allí, y me encuentro cerrando los ojos para ver si puedo memorizarlo. Tengo toda la intención de ver televisión, pero en cambio, me quedo dormida.

<div style="text-align:center">~~~</div>

Estaba oscuro afuera. Corrí detrás de Esteban.

—Puedo irme a casa —le dije.

—No, espérame afuera. Seré rápido.

Suspiré profundamente.

—Dijiste eso la última vez y te tomaste una hora.

—Bueno, P. No puedes apresurar el placer de una mujer. —Él me sonrío. Yo me encogí de hombros.

—Eso es asqueroso.

—Lo entenderás algún día. —Él pasó un brazo por encima de mi hombro—. Te mostraré.

—¿Mostrarme qué? —Me aparté de él.

—Que puede ser bueno.

—Eso es aún más repugnante. —Hice una mueca—. Eres mi primo.

—También lo es la mitad de esta isla. ¿Crees que los detendrá? —Él caminó hacia adelante—. Cuando tus senos empiecen a crecer más.

Él levantó una mano y rozó mi pecho antes de que pudiera saltar hacia atrás.

—Detente. O te acusaré si sigues hablándome así.

122

—Yo sólo estoy bromeando. —Él se rio—. Relájate. ¿Crees que te haría algo?

Yo mantuve mi distancia. Él lo notó y me fulminó con la mirada.

—Vete a casa. Estás actuando como una quejica hoy.

Me di la vuelta e hice lo que me dijo, no porque obedeciera órdenes, sino porque tenía miedo. Miedo de él, de lo que haría. Fue tonto. Conocía a Esteban. Para mí era más un hermano que un primo. Él no me haría daño. Además, mi padre lo mataría si lo hiciera. Él lo sabía. Mientras caminaba a casa, con los brazos cruzados y los ojos fijos en el camino sin pavimentar, escuché algo crujir en el bosque a mi lado. Jadeé y dejé de caminar, mirando hacia la oscuridad. No pude ver nada en absoluto, pero las palabras de Esteban sonaron claras en mi cabeza. ¿Me lastimaría un hombre? ¿Se atreverían ellos? Me abracé más, deseando moverme, pero por alguna razón no pude. Estaba cerca de las puertas de hierro, cerca de la Silla del Diablo, en la que había jurado que nunca me sentaría. La niebla se hizo densa a mi alrededor y comencé a temblar, todavía mirando hacia el bosque. Otra ramita, y otra, se partieron, pero, aun así, no había nada allí. Entonces vi dos ojos, dos ojos dorados mirándome directamente. Fue entonces cuando corrí lo más rápido que pude.

Cuando llegué a mi casa, cerré la puerta de golpe detrás de mí. Wela se acercó corriendo.

—Vi algo. Ojos amarillos. En el bosque —dije sin aliento.

Ella jadeó, haciendo la señal de la cruz—: La Ciguapa.

—No. —Fruncí el ceño—. No lo creo. No parecía una bruja. Solo eran ojos.

—¿Ojos de mujer?

—No sé. ¿Cómo pueden los ojos pertenecer al hombre o a la mujer?

—¿Tenía los pies al revés? —La pregunta vino de mi padre, que había entrado en la habitación fumando un cigarrillo mientras yo hablaba con mi abuela.

Fruncí el ceño, mirándolo. Mi padre no creía en los cuentos de niños y, para mí, La Ciguapa era un cuento de niños. Un folklore al que se le dijo que mantuviera a sus hijos o maridos descarriados en casa por la noche.

—No creo que fuera una mujer —dije finalmente.

—Te prepararé un té —dijo Wela, corriendo hacia la cocina.

La seguí y bebí un sorbo del té que me preparó mi abuela, con la mente dando vueltas.

—Te llaman bruja, ¿sabes?

—Lo sé. —Wela se rio—. Eso está bien. Todo lo que he hecho es ayudar a la gente.

—Se supone que La Ciguapa es una bruja. —Dejé mi té—. Y si ella tiene los pies hacia atrás, ¿no deberías tener los pies hacia atrás?

—No soy una mala bruja —ella dijo—. Ella lo es. Ella roba hombres a mujeres buenas.

—¿Por qué haría eso?

—Porque su alma está perdida y atrapada aquí. Algunos dicen que está esperando al correcto. El alma correcta romperá la maldición y la liberará.

—No entiendo. —Bostecé.

—Ve a la cama. No te preocupes. Estás segura. —Mi abuela me ayudó a llegar a mi habitación ya acostarme. Cuando mis ojos se cerraron y me quedé dormida, la escuché rezar por mí, por mi seguridad, por mi paz. Sonreí. Esa noche soñé con un lobo de ojos amarillos. Un lobo que me seguía a todas partes, acechando, esperando.

~~~

Él me está desnudando lentamente, como si estuviera saboreando cada centímetro de piel que descubre. Cierro los ojos, saboreando sus dedos sobre mí, la forma en que sus manos parecen trazar cada parte sensible de mi cuerpo, la forma en que parece saber dónde quiero que me toque. Cuando siento su boca en mis pechos, dejo de respirar, dejo de pensar, dejo de existir,
~~~

mi vida suspendida en un momento en el tiempo. Él se abre camino por mi cuerpo, su lengua encontrando cada hendidura, sus dientes mordiendo cada superficie y su boca siguiéndolos de cerca, aliviando el dolor que dejan las marcas de mordeduras. No es suave. No es apresurado. Simplemente es él y es perfecto. Cuando muerde el interior de mis muslos, mi corazón comienza a latir con fuerza contra mi pecho, tan fuerte que apenas puedo respirar. Su boca encuentra el lugar pidiendo atención y lo devora, me devora a mí, hasta que pienso que puedo dejar de existir. El orgasmo se apodera de mí rápidamente y cuando lo siento subiendo por mi cuerpo, finalmente abro los ojos para ver a River mirándome. River, con brillantes ojos amarillos que parecen llevarse lo que queda de mí con él.

~~~

Un portazo me despierta sobresaltada. Me siento rápidamente, desorientada, el corazón late rápidamente, el líquido se acumula entre mis piernas, a mi pesar. Me toma un segundo recordar dónde está. El apartamento encima del bar de Dolly. Los zapatos de vestir golpeando contra los pisos de mármol me alertan de que alguien viene para acá, pero me quedo quieta, pensando que tiene que ser Gustavo y que tocaría antes de irrumpir. El golpe nunca llega, pero los pasos se detienen al otro lado de la puerta justo antes de que la perilla gire y se abra. Trago saliva al ver a River parado allí. Él sostiene el gancho de una bolsa de ropa sobre su hombro de una manera que le hace parecer que está modelando, no es que necesite más ayuda en esa área. Se ve todo un modelo con el esmoquin que tiene, con su cabello oscuro perfectamente peinado hacia un lado.

—¿Qué estás haciendo aquí? —Me las arreglo para decir.

—¿En mi departamento? —Sus ojos brillan, divertidos.

—Pensé que habías dicho que ibas a enviar a Gustavo.
~~~

—Lo iba a hacer, pero luego pensé, ¿y si ella se echa atrás? ¿Y si necesita algo de persuasión? —Él ladea la cabeza mientras me mira—. Me gusta verte en mi cama.

Trago.

—No voy a dar marcha atrás.

—Bien. —Él se aparta del marco de la puerta, rodea con la bolsa de ropa que tiene en la mano y la deja sobre la cama—. Te daré algo de privacidad. No necesitas apresurarte.

Él mira el Rolex en su muñeca. Solo sé lo que es porque mi padre tenía exactamente el mismo, extensible de plata y oro con una cara de oro. *No es desagradable ni demasiado caro*, había dicho mi padre una vez. Asiento a River, manteniendo mis ojos en el porta trajes. No confío en mí misma para volver a mirarlo ahora mismo. Cuando sale de la habitación y cierra la puerta detrás de él, respiro hondo, sintiendo que el aire regresa a mis pulmones una vez más. Más relajación sería imposible, así que agarro el porta trajes y me dirijo al baño.

CAPÍTULO CATORCE

Por la caída del escote y lo bajo que queda la tela, es imposible para mí usar un sostén con este vestido. Pero me sienta maravillosamente como si estuviera hecho para mí, acentuando mi figura en todos los lugares correctos mientras miro, de la forma en que solo la tela de seda puede hacerlo. Sonrío al ver mi reflejo. Me toma treinta y cinco minutos peinar mi cabello en ondas sueltas y otros treinta aplicar mi maquillaje. Lo único que falta es el lápiz labial rojo a juego con el vestido. Sin embargo, temo que pueda ser demasiado, que podría parecer exagerado si lo aplico, así que lo estoy pensando, deseando saber lo que los demás van a usar para la fiesta, deseando tener más información, es todo. Intento enviarle un mensaje de texto a Dee, pero ella no responde. La conozco lo suficiente como para saber que se vestirá de punta en blanco y, con eso en mente, me pinto la boca.

La puerta del dormitorio se abre detrás de mí y veo como River entra y se acerca al umbral del baño. Sus ojos se encuentran con los míos en el espejo, y no puedo evitar la forma en que mi corazón reacciona, latiendo salvajemente con cada fuerte golpe que sus zapatos de vestir hacen contra el piso de mármol mientras se acerca a mí. Se para detrás de mí y se apoya contra el marco de la puerta, sin dejar de mirarme con interés, como si yo no pareciera un sueño húmedo.

—No te has puesto el collar. —Su mirada me recorre lentamente, oscureciéndose con cada centímetro de mí que mira.

—Es que... No pude ponérmelo y luego no quise romper el broche, así que... —Mi explicación se interrumpe cuando él da un paso adelante y agarra el collar, llevándolo alrededor de mi cuello.

Nuestras miradas se encuentran en el espejo una vez más mientras sus dedos rozan mi piel muy suavemente. Me estremezco visiblemente, sintiendo su toque extenderse a través de mí como un incendio forestal. Él coloca el broche del collar, asegurándolo en mí, y aunque siento su peso en mi cuello, no es nada en comparación con la mirada de él en la mía. No me atrevo a apartar la mirada.

—Eres una mujer muy hermosa. —Su voz es suave, un mero susurro junto a mi oído. No es como si fuera algo que nunca había escuchado, pero hay una reverencia en ella que me hace temblar incluso cuando le agradezco por el cumplido.

Él da un paso gigante hacia atrás y es ese espacio para respirar lo que aparta mi mirada de la suya y finalmente me hace mirarme a mí misma de nuevo. Un pequeño jadeo sale de mis labios. El collar brilla como si el sol mismo estuviera posado en mi piel.

—Te queda bien —me dice—. El rojo, los diamantes.

—No estoy acostumbrada a esto. —Dejo escapar una risilla, mirándolo de nuevo.

—Eso no significa que no puedas acostumbrarte.

—Estoy perfectamente bien con mis jeans. Pero puedo ver por qué a algunas mujeres les gusta esto. —Giro para mirarlo—. A mi madre le encantaba vestirse bien. Le encanta.

Frunzo el ceño, dándome cuenta de que ya no sé. No lo he sabido por un tiempo.

—Deberíamos irnos. —Me ofrece su mano y me sorprende lo fácil que es para mí tomarla y mantener mi mano en la suya.

Definitivamente, esta no es la forma en que un enemigo jurado debería comportarse. No. Seguramente, yo debería poder resistirme a él y a sus encantos, pero entonces, ¿cuál sería el sentido de eso? Ya me ha elegido como su acompañante de hoy y, por mucho que no me importe que la gente del pueblo hable de mí o le cuente todo esto a mi abuela, estoy menos entusiasmada con pasar la noche en la cárcel. Además, River Caliban es demasiado atractivo y magnético para que no le dé la mano. Cierra la puerta y me lleva abajo, donde Gustavo espera junto a la escalera. En el bar, parece haber el triple de gente que anoche. Todos vestidos con atuendos escandalosos: sujetadores y tangas deslumbrantes, los hombres con velo y torsos pintados, todos con enormes máscaras que cubren sus rostros y se extienden hasta el techo. Suelto la mano de River.

—¿Qué pasa, temes que piensen que te gusto?

—¿Quién dice que me gustas? —Levanto la barbilla desafiante, encontrando su expresión oscura con la mía.

—Nadie tiene que decir que sí. —Sus ojos bailan—. Pero ambos sabemos que eso no significa que no sea cierto.

—No lo hago. —Trago saliva, el corazón late con fuerza, y camino hacia adelante, dejándolo atrás mientras me dirijo hacia la puerta.

La multitud parece separarse para mí, para nosotros, todos los ojos mirando, nadie dice una palabra. Me pregunto qué estarán pensando. Si son turistas, probablemente se estarán preguntando por qué demonios llevamos ropa tan elegante durante el carnaval. Si son lugareños, probablemente me estarían juzgando, probablemente pensando que habían protestado por mí anoche y aquí voy de buena gana. Es ese pensamiento el que me hace mantener la cabeza en alto mientras camino.

Sí, me voy de nuevo con el rumoreado diablo.

Sí, iré a la isla Dolos, a la mansión Caliban, pero lo haré a mi manera.

Al menos espero que esa sea la bravuconería que estoy retratando porque por dentro soy una bola de nervios.

Gustavo se adelanta, pero se detiene y se queda junto a las puertas traseras cuando River levanta una mano.

—Yo mismo conduciré a la señorita Guzmán —le dice—. Parece que ella quiere montar un espectáculo esta noche, así que supongo que le seguiré el juego.

Gustavo me lanza una mirada de desdén. Obviamente, a él no le gusta la forma en que estoy tratando a su jefe y eso es lo mejor. No es como si yo hubiera provocado una escena. No había gritado. No había salido furiosa. Simplemente caminé delante de él y me negué a tomar su mano en público. ¿Cómo es eso una escena? Cada pensamiento que cruza por mi mente me enfurece más que el anterior. River camina hasta el carro deportivo estacionado frente al Rolls Royce y me abre la puerta del pasajero. Acepto, me subo al carro y me abrocho el cinturón de seguridad mientras espero a que se siente en el asiento del conductor. Empiezo a conducir sin decir una palabra y me doy cuenta de que no se dirige en dirección a la isla Dolos.

—¿A dónde vamos?

—A dar una vuelta. —Me mira—. ¿Tienes algún lugar donde estar?

—Quiero decir, ¿no deberíamos estar en la fiesta? —Miro el reloj en el medio del carro. Son las cinco y media y la fiesta empieza a las seis según Dee y Martin.

—¿Tienes prisa por llegar allí?

—No, particularmente.

—Bien.

Conduce sobre grava y se detiene cuando llegamos al Pico del Diablo, lo que me hace reír.

—¿Que es tan gracioso? —Él estaciona el carro.

—El hecho de que me hayas traído aquí, de todos los lugares. —Miro desde el océano más allá de nosotros y hacia él—. ¿Sabes que la gente dice que eres el diablo, verdad?

—Nunca le he dado mayor importancia a lo que la gente piense de mí. —Él sale del carro y yo lo sigo, tambaleándome ligeramente—. Este es mi lugar favorito en tu isla.

Se apoya contra el capó de su carro y yo hago lo mismo. No es que quiera estar cerca de él, pero esto se llama El pico del Diablo por una razón. La gente muere aquí a cada rato. Los turistas pierden la vida tratando de tomarse selfies con el océano detrás de ellos. Los lugareños pierden el equilibrio tratando de escalar las rocas. Independientemente de la razón o la experiencia, una cosa es segura y es que no quiero aventurarme demasiado cerca del borde y el carro de River definitivamente no está lo suficientemente cerca. Además, si intento tirarme, lo arrastraría conmigo.

—¿Qué sabes sobre la maldición?

—¿Esto de nuevo? —Gimo, echando la cabeza hacia atrás—. No creo en las maldiciones y tampoco sé mucho al respecto. Sé que todos aquí piensan que tu familia adora al diablo. Algunos dicen que tu padre hizo un pacto con él y esa es la verdadera razón por la que esa isla en la que vives fue arrancada de esta.

Su mirada se encuentra con la mía, parece interesado en lo que estoy diciendo, incluso curioso.

—Sé que la gente no sale de Dolos. Mucha gente ha muerto en este mar. —Levanto la barbilla hacia la playa debajo de nosotros, las olas rompiendo con fuerza contra las rocas mientras lo digo, como para confirmar.

—¿Y si te dijera que la mayor parte de eso es real?

—Yo diría que todavía no creo en las maldiciones.

—Eso es justo. —Él se ríe entre dientes. Mi corazón se detiene cuando hace eso—. Háblame de *The Haunt*.

—¿Mi sitio web? —Eso me agarra por sorpresa—. ¿Has entrado a mi página?

—Sí, pillado. Me parece fascinante que haya tanta gente a la que le encantan las cosas en decadencia. —Él ladea la cabeza—. Aunque, tal vez no debería encontrarlo tan interesante. Después de todo, todos nos estamos decayendo.

—¿Pensé que nada nunca muere?

—Sin embargo, se decae. —Él ladea la cabeza—. Lo que encuentro más fascinante es que una mujer de la isla Pan, que está llena de cuentos y leyendas, iniciará un sitio web como *The Haunt* y realmente no crea en nada de eso.

—No es que no crea en eso per se. —Frunzo los labios, tratando de averiguar cómo explicarlo. No lo he hecho en tanto tiempo—. Creo que puedes creer en fantasmas y no creer en maldiciones y viceversa.

—En *The Haunt*, te concentras principalmente en las casas en ruinas, las que necesitan restauración. ¿No crees que las casas con tanta historia son propensas a los fantasmas?

—Quizás. —Me encuentro con su mirada de nuevo—. Sabes, la gente dice que Dolos está lleno de fantasmas, almas perdidas que nunca regresaron al lugar de donde vinieron. ¿Crees eso?

—Sí, creo en eso.

Arqueo una ceja.

—Eso me sorprende.

—¿Por qué?

—¿Por qué vivirías allí si realmente sintieras que está embrujado?

—¿Quién dice que no soy yo a quien deberían temer?

Mi corazón da un vuelco cuando veo sus ojos oscurecerse. Trago, reprimiendo mi inquietud. Necesito cambiar de tema. Hablar de lugares frecuentados y fantasmas al borde de un acantilado definitivamente no es mi idea de diversión, y eso dice mucho para alguien que hace lo que yo hago para ganarse la vida.

—¿Tienes un teléfono?

—Qué pregunta. —El costado de su boca se levanta mientras se empuja fuera del carro y regresa al asiento del conductor.

—¿Tienes amigos? —Lo sigo y me siento en el asiento del pasajero, mirándolo mientras me abrocho el cinturón de seguridad.

—Por supuesto que sí. —Él se ríe entre dientes—. Conocerás a algunos de ellos esta noche.

—¿Fuiste a la universidad?

—¿Y tú fuiste? —Él levanta una ceja y sé que sabe la respuesta a eso.

Frunzo los labios.

—No podía permitirme ese lujo.

—Siento disentir. —Él enciende el carro de nuevo y ambos nos estiramos para tocar la ventila del aire, nuestros dedos chocan. Retiro mi mano rápidamente, ignorando la electricidad palpable que provoca en mí.

—¿Cómo es eso? —Cruzo las manos sobre mi regazo.

—Creo que podrías permitirte cualquier lujo. Simplemente tú elijes los que te brindan una gratificación instantánea en lugar de los que pueden no serlo, como un título universitario.

—Bueno, considerando el hecho de que la mayoría de las personas con las que fui en el bachillerato terminaron con un título universitario y sin seguridad laboral al graduarme, creo que estoy bien. —Me encojo de hombros—. No tengo préstamos para estudiantes que pagar, a diferencia de ellos.

—No puedo discutir con eso. —Su mirada se posa en la mía brevemente y luego vuelve a la carretera.

—¿Por qué me llevaste allí?

—¿Al pico del Diablo?

Asiento.

—No puedo ir allí a menudo.

—¿Por qué no? —Observo el costado de su rostro—. Tienes un apartamento en la ciudad y todo. Obviamente, estás aquí con la suficiente frecuencia.

—Estoy en muchos lugares. —Él sonríe, una pequeña y reservada sonrisa—. Y, sin embargo, no lo estoy.

—¿Qué significa eso?

—Es difícil de explicar. —Se detiene frente a las puertas de hierro negro, y Gustavo está al otro lado, abriéndolas.

—¿Por qué no tienes una puerta mecánica como todos los demás?

—Y deshacerme del, ¿cómo lo llamaste, anticuado, ambiente que tiene todo este lugar? —River se ríe, el sonido me hace vibrar el pulso.

—Divertidísimo. —Pongo los ojos en blanco, pero no puedo evitar sonreír.

Me doy cuenta, mientras conducimos por la carretera sinuosa, y la grava da paso a adoquines y vegetación, que la casa está tan bien iluminada como jamás había imaginado, con antorchas afuera, probablemente para mantener a raya a los mosquitos. y grandes lámparas en los escalones. Todavía se ve como una mansión oscura, pero algo se siente diferente al respecto. Es como si estuviera feliz de tener gente en ella. Sin embargo, es extraño, ya que es solo una casa, pero se queda grabado.

Cuando las puertas se abren ante nosotros, alargo mi mano hacia el brazo de River. No me encanta ser el centro de atención, especialmente con tanta gente, y aquí hay mucha gente. Mucho más que ayer. Debe haber al menos sesenta personas, es mucho más de lo que había anticipado, y todos, hombres y mujeres, están mirando. Comienzo por sentirme cohibida y me agarro a River con un poco más de fuerza.

—Relájate. Eres la belleza del baile. —Puedo escuchar la sonrisa en su voz a pesar de que estoy demasiado ocupada tratando de encontrar rostros familiares entre la multitud.

—Señor River Ambrose Caliban y su invitada, la señorita Penelope María Guzmán. —El anuncio viene de la voz de una mujer, que rastreo hasta Fabiola, la mujer que había visto en el bar anoche. Ella me sonríe, luego a River, luego a la multitud. Todos aplauden, lo que hace que todo se sienta aún más incómodo. River me suelta el brazo para hacer una ligera reverencia. Me quedo allí, insegura de qué hacer, así que sonrío levemente, incómoda. La mano de River me alcanza, y esta vez, en lugar de ofrecerme su brazo, entrelaza sus dedos con los míos, apretando mi mano ligeramente antes de comenzar a caminar por el salón conmigo a su lado.

—Elegiría a Fabiola antes que a Mayra —le digo con una sonrisa falsa.

—Estoy seguro de que le complacerá escucharlo a ella. —Me presenta a algunos de los asistentes, a algunos es obvio que los conoce, pero a otros, como el hombre con el que estamos estrechando la mano, parecen desconcertados por su presencia todos juntos.

—Señor. Señor. Señor Caliban. —El hombre le estrecha la mano—. Carson Emerson. Soy un viejo amigo de tu padre.

—Es un placer conocerlo, Sr. Emerson. —River sonríe y se gira hacia mí—. Te presento a mi cita, Penelope Guzmán.

—¿Guzmán? —Las cejas del señor Emerson se arquean—. ¿Como en… esa familia Guzmán de la isla Pan?

—Sí, esa familia. —Mantengo una sonrisa tensa y suelto la mano de River.

—Mi sentido pésame por la muerte de su padre —me dice, pero me mira como si hubiera muchas cosas que está dejando de lado.

—Gracias. —Miro alrededor—. Voy a buscar algo de tomar.

—Llama a uno de los meseros —dice River, señalando a alguien antes de que yo pueda hacerlo. Él suelta mi mano y se gira hacia un joven que le da una palmada en el hombro.

—El hombre, el mito, la leyenda —dice el tipo con una sonrisa—. No te he visto en un tiempo, hombre.

—Siempre es un placer, Alistair —dice River, saludándolo.

Mayra aparece frente a mí con una bandeja en la mano. Me entrega una copa de champán. Ella no me está mirando, pero tampoco sonríe. Todavía viste toda de negro, pero esta vez en lugar de una falda y una manga larga, es un bonito vestido negro largo.

—Gracias —digo, tomando la copa.

—Por supuesto. —Ella sonríe—. Espero que te estés divirtiendo.

—No es mi escena.

—Yo pensaría que sí. Ser el centro de atención y todo.

—Eso demuestra lo poco que sabes de mí. —Me llevo la copa a los labios y tomo un sorbo.

—Tal vez los pongo a todos ustedes, Guzmán, para que sean iguales. Tu primo acecha estos terrenos con sus ojos hundidos y su corazón vacío. —Ella sacude su cabeza—. Todo lo que hace es quejarse. Tienes el mundo entero en la palma de tu mano, pero buscas más, dejas la isla que prácticamente tienes y ¿en busca de qué?

Ella sacude su cabeza otra vez.

—Nunca lo entenderé.

—Tampoco espero que lo entiendas. —Entrecierro los ojos—. Dices que mi primo acecha aquí, pero eso está mal. Cuenta la leyenda que las únicas almas perdidas que rondan la isla son las que murieron aquí.

—Obviamente. —Ella me lanza una mirada—. ¿Me vas a predicar verdades sobre mi propio lugar de nacimiento?

—Mi primo no murió aquí.

—¿No? —Ella arquea una ceja—. ¿Has considerado por qué estás aquí?

—Porque tu jefe me eligió para estar aquí. —Le lanzo una mirada fulminante.

—Cierto. —Ella suelta una carcajada y parece realmente complacida por esto—. ¿No has cuestionado el accidente en lo absoluto? ¿Cómo fue, de hecho, que el hidroavión se hubiera hundido en un día perfectamente soleado y despejado?

Ella arquea una ceja.

—A menos que…

—¿A menos que qué?

—A menos que alguien lo haya causado.

—¿Qué estás diciendo? —Mi corazón late más fuerte, en mis oídos, en mi pecho.

—Exactamente lo que crees que estoy diciendo. —Mayra arquea una ceja, sonriendo mientras se aleja.

Miro a River, que está hablando con su amigo. Él no pudo haber causado el accidente, ¿verdad? ¿Cómo? ¿Y mi primo? ¿Cómo habría muerto aquí? Niego con la cabeza. Mayra no es de fiar. No voy a creer en su palabra de lo que realmente sucedió con el accidente. Ella quiere que me vaya desde el momento en que llegué aquí. Después de un momento, camino hacia River.

—Oh, por favor, todos somos inmigrantes aquí. Todos nuestros antepasados llegaron de otro lugar. —Ese es River, todavía hablando con su amigo detrás de mí.

—Algunos de nuestros antepasados no tenían elección en el asunto —le digo.

—Aquí vamos. —River niega con la cabeza—. ¿Entonces, ahora me estás culpando por algo en lo que algunos de mis antepasados decidieron?

River enarca una ceja.

—No te culpo. Simplemente señalando hechos.

—Ella no se equivoca. —El chico sonríe, dándome una mirada lenta—. ¿Cuál es tu nombre, cariño?

—Penelope y yo no soy tu cariño.

—No se equivoca, pero muerde —dice River, llevando su mano a la mía y enhebrando sus dedos en los míos de nuevo.

Las cejas de su amigo se levantan.

—Justo cuando creo que River Caliban no puede hacer algo que me sorprende, va y se busca una novia.

—No soy su novia. —Trato de quitar mi mano de la de River, pero él la sostiene con más fuerza. Lo miro y el hombre sonríe—. Puedes intentar agarrarte tan fuerte como quieras, pero aun así me escabulliré entre tus dedos.

—No tengo nada que hacer, pero no dejaré que eso suceda hasta que haya terminado contigo. —En su boca se dibuja una sonrisa lenta y perezosa que no es del todo sincera—. Y todavía no he terminado contigo.

CAPÍTULO QUINCE

El timbre suena insistentemente, un timbre de ocho notas que me resulta familiar porque la mayoría de las personas que conozco en Pan tienen el mismo. Todos dirigimos nuestra atención a la puerta justo a tiempo para ver a Dee, Martin, José y un tipo que no conozco atravesarla. Siento que respiro un poco mejor y suelto la mano de River de nuevo. Esta vez, me deja. Me acerco a la puerta principal y caigo en los brazos de Dee cuando ella abre los suyos en el momento en que me ve.

—¿Estás bien? —me pregunta en voz baja—. Te ves preciosa.

—Estoy bien. —Me aparto y la miro. Lleva un vestido de fiesta negro con cuello en V que le cae cerca del ombligo—. Tú te ves como una diosa.

—Gracias. —Ella sonríe, mirando mi collar—. ¿Qué es esto que llevas puesto?

—River me lo prestó.

—Vaya. —Ella suelta una risita—. ¿Puedo asumir que no es tan malo?

—El veredicto está todavía fuera.

—¿Pero estás a salvo? —Su mirada busca la mía.

—Quiero decir, si piensas que estar en una casa lúgubre que se derrumba y bajo el mismo techo que una examante abandonada que quiere matarte es estar a salvo, seguro.

—¿Qué?

—Ella no es mi examante. —Ese es River, que se ha colado detrás de nosotras y nos hace saltar a las dos.

—Sin embargo, ella quiere matarme —le digo.

—Oh, vaya —dice Dee, volviéndose para mirar a River—. Te ves…

—Sí, te ves sexy, pero eso ya lo sabes —agrega José a River y luego a mí, dándome un abrazo rápido—. Esta es mi cita, Ricardo.

—Encantada de conocerte, Ricardo. —Le doy un beso en la mejilla y me giro hacia Martin para besarlo también en la mejilla.

—Tú también te arreglaste bien.

—Especialmente para esta gala —dice Martin, mirando a su alrededor con asombro—. Es tan espeluznante como pensé que sería.

Él me mira y luego pregunta—: ¿Está embrujado?

—Yo… no lo sé. —Frunzo el ceño. Seguro que había visto algo en el baño, pero no a una persona, ni a un fantasma.

—Lástima —él dice—. Los fans de *The Haunt* se volverían locos si supieran que estás aquí.

—Tal vez deberías quedarte un poco más, Penelope, por el bien de *The Haunt* —dice River, con los ojos bailando.

—Sí, claro, no lo creo. —Frunzo mis labios.

Él deja escapar una carcajada.

—Necesito mostrarte algo. Espero que todos se diviertan, el bar es libre y está abierto, que lo disfruten. —Vuelve a agarrar mi mano y me escolta lejos de mis amigos. Apenas tengo tiempo de mirar por encima del hombro y ver la sonrisa de aprobación de Dee mientras asiente.

—¿A dónde vamos? —Le pregunto mientras me guía por el pasillo que no me dejaría caminar esta mañana. El latido en mi pecho se hace más fuerte, más rápido mientras caminamos.

—Quiero presentarte a mis padres.

—Oh. —Trago—. ¿No van a venir a la fiesta?

—Quizás más tarde.

—¿Tu padre se siente lo suficientemente bien como para eso?

—No, pero vendrá de todos modos.

El pasillo está tenuemente iluminado con lámparas de gas, como el resto de la casa, pero las lámparas están lo suficientemente cerca de los retratos que puedes distinguirlos. La mayoría de ellos son grupos de hombres, alrededor de mesas firmando papeles, mirando como uno de ellos da un discurso, posando para un pintor. Una fotografía en particular me llama la atención. Dejo de caminar frente a él y suelto la mano de River. La pintura tiene carpas y gente por todas partes, pero al frente y al centro hay dos hombres y dos mujeres. Todos están sonriendo ampliamente. Mi mano se levanta lentamente para tocarla, pero la dejo caer antes de que llegue allí. Son mis abuelos. Nunca había conocido a mi abuelo, pero conozco su rostro y conozco este cuadro porque el mismo está colgado en la casa de mi abuela antes de que se mudara a la de mis padres. Miro a River, que está parado allí mirándome con las manos en los bolsillos. *¿Quiénes son?*, pregunto, pero no en voz alta, no puedo hacer que mi voz funcione.

Sin embargo, él responde—: Tus bisabuelos y los míos.

—¿Dónde están?

—En esta misma isla.

—¿Dolos?

—Dolos antes de la maldición. Antes de que se rompiera.

—¿Por qué esto estaría colgado aquí? —Lo miro—. Después de todo.

—Tal vez como un recordatorio de lo que alguna vez fue.

—¿Por qué querrías recordar una vieja amistad, especialmente una que supuestamente te perjudicó?

—¿Por qué estudiamos historia?

—Para aprender del pasado y no volver a cometer los mismos errores.

—¿Pero realmente aprendemos? Algunos dirían que su presencia en esta casa significaría que no lo hacemos.

—Mayra dice que mi primo frecuenta la mansión.

—Ya veo. —Los labios de River se ponen en una fina línea.

—¿Esta ella diciendo la verdad?

—Pensé que no creías en fantasmas, en maldiciones.

—¿Esta ella diciendo la verdad? —Me doy la vuelta e inclino la cabeza para encontrarme con su mirada.

—Sí.

—¿Por qué no me lo dijiste? —pregunto.

Él está demasiado cerca de mí. Tan cerca que cuando me alcanza y envuelve un brazo alrededor de mi cintura, no puedo detenerlo. Tan cerca que cuando baja su rostro, su nariz toca la mía y yo dejo de respirar por completo.

—¿Qué quieres saber, Penelope? —murmura contra mí.

—Todo.

—¿Todo? —Él se aparta muy levemente, lo suficiente para mirarme a los ojos.

—Sí.

—Ten cuidado con lo que deseas, brujita. Es posible que estos muros te lo otorguen.

—Tal vez quiero que lo hagan. —Trago saliva.

—¿Qué vas a hacer cuando sepas que todo lo que pensabas que sabías es una mentira?

—Yo… No sé. —Parpadeo, sintiéndome a la deriva, como en un sueño—. ¿Qué es una mentira?

—Tendrás que esperar y ver. —River se inclina de nuevo y presiona sus labios contra los míos, besándome suavemente, pero al mismo tiempo con tanta fuerza que mis rodillas se doblan.

Su brazo a mi alrededor se aprieta mientras él profundiza el beso, su lengua fluye hacia la mía, tomando, concediendo. Se siente familiar, pero demasiado excitante para haberme besado antes. Recordaría este beso. Recordaría estos labios y esta lengua y estas manos. Se siente como mi sueño, exactamente como mi sueño, pero esto es real. Cuando él rompe el beso y se aparta, mirándome con un anhelo que casi me rompe el corazón, sé que es real.

—¿River? —una voz femenina grita al final del pasillo.

—Estaremos allí mismo. —Él se endereza, me lleva con él tomando mi mano entre las suyas mientras me conduce por el pasillo.

Nos detenemos frente a una mujer y tengo que tomarme un segundo para orientarme. Es Sarah, la belleza rubia de las historias. Lleva un hermoso vestido rosa oscuro largo hasta el suelo que hace juego con las flores que he visto en su jardín y un tocado a juego que hace que parezca que va a una fiesta de té o al Derby de Kentucky. Ella luce deslumbrante. He visto fotos de ella por la ciudad, fotos en carteles que su esposo había colocado por toda la isla buscándola, a pesar de que sabe exactamente dónde está y con quién está. Su esposo se fue mucho tiempo, pero los letreros de Sarah ahí se quedaron, desvaneciéndose y rompiéndose, pero nadie se atrevió a quitarlos.

Nadie en la isla se atreve a tocar nada que pertenezca a una persona muerta. Sería como llamar a la muerte sobre ti mismo, maldecirte a ti mismo. Aun así, a pesar de los desvanecimientos, las lágrimas y los letreros lavados, el rostro de Sarah siempre se veía hermoso, pero verla en persona es otra cosa. No parece que hubiera envejecido un día, pero eso es imposible. Pienso en el árbol, en las hojas. Como si leyera mis pensamientos, ella sonríe.

—Es un placer conocerte, Penelope.

—Igualmente —le digo—. Puedes llamarme Penny.

—Oh. —Ella parece horrorizada, su boca perfecta se vuelve hacia abajo—. Tonterías, amor. Los *pennies* traen mala suerte y mi hijo nunca tendría mala suerte en ningún lado, ¿verdad, River?

—No, señora. —Él sonríe. Miro a River y luego a Sarah. Sé que ella no es su madre biológica, pero lo creería si dijeran que lo es.

—Ven a conocer a nuestro patriarca. —Ella se aparta del camino, todavía sonriendo—. Wilfred, River está aquí para verte con su cita.

—Hola. —Wilfred Caliban grita mientras caminamos dentro de la salita de lo que supongo que es su dormitorio.

La sala es grande, con chimenea, dos sofás y dos sillas alrededor de una mesa de café. Dejamos de caminar allí y esperamos a que los pasos se acerquen y se detengan junto a la chimenea. Wilfred Caliban, como Sarah, parece tener cuarenta años como máximo. Ya no sostengo la mano de River, pero la agarro ahora. Él parece sorprendido por esto, mirándome rápidamente, pero en lugar de decir algo, pasa su pulgar sobre mi mano. Cuanto más se acerca Wilfred, más sospecho que no está enfermo en absoluto. Su piel oscura, más oscura que la mía y la de River, está tensa y brillante y el cabello es negro como boca de lobo, pero tiene un corte muy bajo hasta el cuero cabelludo, como si un barbero acabara de pasar una máquina por encima.

—Padre, ella es Penelope Guzmán.

—Oh. —Wilfred Caliban se detiene en seco y mira a su hijo, luego me mira a mí—. ¿Elegiste una Guzmán?

—Sí, recuerda que hablamos de esto.

—Ah, sí. —Wilfred frunce el ceño y me doy cuenta de que está mintiendo para aplacar a su hijo—. ¿Eres la hija de Máximo?

—Sí. —Trago en seco.

—Mi más sentido pésame —dice Wilfred asintiendo. Él mira a Sarah, negando con la cabeza—. El bastardo me ganó en todo, incluso en la muerte.

—Wilfred —le advierte Sarah.

—Bueno, no sirve de nada no darte la bienvenida. Después de todo, estás aquí y bajo el cuidado de mi hijo. Cuán perfectamente encaja. —Wilfred sonríe—. Eres una verdadera belleza.

—Gracias. —Bajo la vista a mis pies, aceptando el cumplido, pero también dándole a entender que no quiero más de ellos.

—No vamos a tomar más de tu tiempo. Los invitados están esperando —dice River—. Solo quería traerla a que la conocieran.

—Gracias por eso. —Wilfred asiente con la cabeza a River—. Tómate tu tiempo para volver a la fiesta. Sarah y yo seremos presentados ahora.

Él se aleja y se une a Sarah antes de que salgan juntos de la habitación.

River se queda mirando las llamas del fuego frente a nosotros. Suelto su mano y envuelvo mis brazos alrededor de mí preguntándome qué demonios fue eso y en qué demonios me he metido. Lo bueno es que dijo que puedo irme con mis amigos esta noche y tengo toda la intención de aferrarme a eso.

Después de este encuentro y las palabras de Mayra, cuanto antes me vaya, mejor.

CAPÍTULO DIECISÉIS

Vete de aquí.

La voz es susurrada en mi oído. Miro a mi alrededor rápidamente, el corazón me late con fuerza, pero la única persona de pie en la habitación es River y está mirando la pintura sobre el manto. Es una pintura extraña. Blanco y negro, más negros que blancos, todo arremolinándose alrededor del lienzo. Creo ver una cara. Ojos mirándome. Miro a mi alrededor de nuevo. Como todas las demás habitaciones de esta casa abandonada de la mano de Dios, esta también está oscura, las lámparas de gas parpadean en la distancia, las lamidas del fuego frente a nosotros no hacen mucho más que hacerme sentir repentinamente sudorosa.

Vete dice la voz de nuevo.

—¿Escuchaste eso? —Me estremezco y me acerco a River.

—¿Escuchar qué? —Él baja la mirada hacia mí.

—Alguien está aquí con nosotros.

—No hay nadie aquí. —River hace un espectáculo de mirar a su alrededor—. Deberíamos volver.

—¿Sarah te crio? —Me arriesgo a mirarlo por el rabillo del ojo mientras salimos de la habitación.

—Así es.

—¿Qué le pasó a tu mamá biológica?

—¿Qué le sucede a alguien cuando ha terminado con esta vida?

—¿Ella murió?

—En términos sencillos.

—Términos sencillos. —Dejo escapar una carcajada—. Solo hay términos sencillos, River. Somos humanos. Los humanos son sencillos. Nos gustan las respuestas de sí o no y las cuestiones en blanco y negro. Cualquier cosa más allá de eso, luchamos con eso.

—¿Es esto una transición para volver a llamar a mis antepasados esclavistas? —Él se mete las manos en los bolsillos mientras caminamos.

—No. —Frunzo los labios—. Los míos no fueron mejores. Esta isla tiene muchos secretos oscuros y profundos de los que no hablamos y hay una razón para ello. Cuando surgen secretos, ya no podemos escondernos de nuestra verdad.

—Creo que finalmente podemos ponernos de acuerdo en algo —me dice—. Pero para que conste, mis abuelos se casaron en secreto porque su amor estaba prohibido y me gusta pensar que estaban enamorados.

—No me pareces del tipo romántico desesperado.

—¿Qué te parezco? —Sus ojos brillan divertidos.

—No sé, nunca había conocido a nadie como tú.

—Ya veo. —Él mira hacia la fiesta a la que nos acercamos de nuevo y me pregunto si alguna vez se sentirá halagado por algo que escuche.

—¿Son las mismas personas invitadas a la gala todos los años?

—No todos los años, pero los que no son invitados piden una invitación.

—¿Por qué? —Me río—. La fiesta está bien y todo, pero no he visto nada espectacular. Sin ofender.

—Eso es porque no has entrado en ninguna de las habitaciones. —Él arquea una ceja cuando llegamos al fondo del pasillo, donde la casa se abre una vez más y el vestíbulo está lleno de gente.

—Actúas como si fuera a experimentar algo mágico en ellas. —Me giro hacia él, no estoy lista para unirme a las festividades todavía.

—En términos sencillos. —Él también me enfrenta—. Podría ser.

—En términos sencillos, la magia no existe.

—Según esa lógica, esta isla no existe. Yo no existo. No existimos. —River sonríe, pero es una sonrisa que habla de un millón de historias tristes. Me lleva una mano a la cara—. No son leyendas, brujita.

—Si no son leyendas, ¿por qué vivirías aquí? ¿Cómo sobrevivirías a esta casa si realmente está llena de engaños?

—¿No todas las casas tienen engaños de una forma u otra?

—No de la manera que dices, no con magia y actos de desaparición.

—Quizás deberías ir a una de las habitaciones y comprobarlo por ti misma. —Él arquea una ceja.

—Quizás lo haga. —Levanto la barbilla.

Después de todo, él siempre está dispuesto a un desafío. Miro a una mujer que sale de una de las habitaciones. Lleva un vestido al estilo de los años veinte, pero ahora apenas le cuelga. Su lápiz labial se corre por su cara y su peinado está completamente deshecho. Parece que había estado teniendo sexo en la habitación. Y cuando un hombre la sigue de cerca, abrochándose los pantalones, sé que definitivamente lo habían hecho.

—¿Es esto una orgía? —Vuelvo a mirar a River.

—Algunas personas participan en orgías.

—¿Tú lo haces? —Trago en seco. No sé por qué pregunto, pero tengo curiosidad.

—Sí.

—¿Lo harás esta noche?

—¿Quieres?

—¿Quiero participar en una orgía? —Eso me sorprende—. Absolutamente no.

—Entonces yo tampoco. —Él se ríe entre dientes—. Después de todo, eres mi invitada.

—Es exactamente por eso que supongo que tienes algo planeado para mí. Mayra parece tener una idea de por qué estoy aquí.

—¿Por qué crees que estás aquí?

—No sé. —Me muerdo mi labio, todavía mirándolo. Es imposible apartar la mirada de él—. No puedo evitar pensar que me deseas, como si *realmente* me desearas, y no entiendo por qué.

—Ven. —Él me ofrece su mano. Lo miro por un momento antes de tomarla y dejar que me lleve de regreso a la fiesta.

En el momento en que nos alejamos del pasillo, la música nos recibe. Es discordante. Miro a mi alrededor rápidamente, miro detrás de nosotros, miro hacia adelante. ¿Había estado tocando todo el tiempo? Es animado, un *son cubano*, para ser exactos. Lo sé porque en el pasado, solíamos ir de isla en isla, un poco de bachata en República Dominicana, un poco de salsa en Puerto Rico y son en Cuba. Escucharlo me recuerda a mis padres y pensar en ellos me entristece de nuevo, el dolor me recorre como una ola. Pienso en Wela, quien dijo que esto es una celebración de la vida y que la muerte de mi padre esta semana era un gran honor. Por supuesto, se refiere al carnaval de Pan. Dudo mucho que ella apruebe que yo esté aquí en Dolos, en la mansión Caliban.

—River —grita un hombre con acento británico, caminando hacia nosotros rápidamente. Él es guapo, parece tener ascendencia india, con una barba abundante que cubre la mayor parte de su piel aceitunada. Tiene ojos marrones sabios y sé al instante que quiere hacer algún tipo de discusión sobre una venta—. Te estuve buscando. Todavía no hemos hablado de los yates.

—Cierto. —River asiente—. Dev, ella es Penelope. Penelope, este es Dev, un socio mío.

—Un placer conocerte, Penelope. —Dev toma mi mano y me atrae hacia él, besándome en ambas mejillas. Cuando se aparta, me echa un vistazo—. Sé que no suelo entrometerme en tu vida personal, pero esta chica vale la pena conservarla, River.

—Estoy completamente de acuerdo contigo por primera vez. —La mano de River aprieta la mía mientras me mira. Siento que mi corazón se salta un latido de más.

—¿Hablamos de negocios? Sólo tomará un momento —dice Dev.

—Estoy bien. De todos modos, debería ir a buscar a mis amigos —le digo a River antes de mirar a Dev—. Fue un placer conocerte, Dev.

—El placer es todo mío. —Él se inclina levemente cuando comienzo a soltar la mano de River y me alejo.

River toma mi mano y me atrae hacia él, haciendo que mi pecho choque con el suyo.

—No vayas a la sala blanca.

—¿Por qué no? ¿Es ahí donde tienen lugar las orgías? —Sonrío ante su ceño fruncido—. Tal vez cambie de opinión y decida participar en algo ilícito después de todo.

—Por favor, no entres allí. —La súplica en sus ojos es suficiente para que yo le dé guerra por una advertencia, así que simplemente asiento lentamente.

—No lo haré.

Él suelta mi brazo y vuelve su atención a Dev mientras me alejo y veo a Dee y al resto de mis amigos.

—Esta fiesta es increíble —ella dice, dejando su vaso vacío en una bandeja mientras pasa.

—¿Cuánto has bebido?

—Poco.

—El alcohol golpea diferente aquí —dice Martin.

—Dijiste eso sobre Pan. —Lo miro a él, a su copa, y luego a la de José y su cita.

—Sí, bueno, aquí golpea aún más fuerte —dice Martin, arrastrando las palabras—. No has subido más fotos.

—Lo haré pronto. Tengo que editarlas. Las tomé esta mañana.

—Voy a volver a la sala blanca —dice José, agarrando la mano de su cita.

—¿Qué está pasando en esa habitación?

—Orgías —dice Dee—. Gay, heterosexual, lo que sea. Es interesante.

—¿Entraste allí? —Mi cabeza se gira hacia ella.

—Sólo para mirar, Martin no quiere quitarse la ropa aquí. —Ella pone los ojos en blanco.

—Llevo un esmoquin Oscar de la Renta. Único en su clase. No sé quién lo verá y lo tomará —nos dice—. El hombre está muerto. No es como si pudiera hacerme otro.

—Eso es totalmente comprensible. —Me encojo de hombros.

—¿Quién diseñó el vestido que llevas puesto? —pregunta Dee, asimilándolo de nuevo—. Es tan hermoso y parece que fue hecho para ti.

—Carolina Herrera.

—Vaya —susurra Dee, extendiendo la mano y tocando la tela de seda—. Las ligas mayores.

—El tuyo también es hermoso. —Le sonrío.

—Jenny Polanco. —Ella me guiña un ojo—. Conocimos a Sarah Caliban hace un rato. También lleva una pieza de Polanco.

—¿Qué te pareció ella? —Miro entre Dee y Martin.

—¿Honestamente? Es espeluznante después de conocer la historia —dice Martin.

—Ambos parecen demasiado jóvenes para su edad —agrega Dee—. ¿Crees que son vampiros?

—¿Vampiros? —Me río y luego me pongo seria. No puedo soportar más charlas absurdas sobre magia—. Por favor, dime que estás bromeando.

—Un poco. Quiero decir, esta casa es tan oscura, solo iluminada por lámparas de gas como si estuviéramos en la década de 1920, y ellos tienen un aspecto tan joven. ¿De qué otra manera lo explicas?

—No puedo explicarlo. —Me encojo de hombros.

—Son ricos —dice Martin—. No ricos como nosotros, ricos como el ocho por ciento de los ricos del mundo. Creo que se ven de su edad, pero carecen del estrés que otros tendrían, por lo que su piel está menos arrugada.

—Tal vez —dice Dee, aunque su expresión es dudosa. Estoy de acuerdo con ella.

—Durante uno de los recorridos por la isla Pan —comienza Martin—. el guía dijo que la primera esposa de Wilfred murió en el océano tratando de regresar a la isla Pan. Dijeron que esa es la razón por la que el mar entre la isla Dolos y Pan está tan enojado.

—Eso es… —Dee se estremece—. No quiero pensar en ahogarme.

—Lo mismo digo. Hablemos de otra cosa antes de que me explote la cabeza —le digo—. ¿Has estado en alguna de las otras salas o es solo esta área de baile y la sala blanca las que están abiertas?

—Creo que solo vi esa —dice Dee. —Solo quiero bailar de todos modos. No quiero explorar más la casa. Quién sabe lo que acecha aquí.

Ella se estremece visiblemente.

—Siempre puedes ir a la sala blanca y vernos mientras bailamos, Penny. —Martin me guiña un ojo.

—No estoy segura de querer hacerlo. Quiero decir, definitivamente no quiero unirme a una orgía. Esto es un Carolina Herrera único, después de todo. —Le devuelvo el guiño. Martin y Dee se ríen.

—Bueno, vamos a bailar —anuncia Dee, tomando la mano de Martin y luego la mía—. Ven con nosotros.

—Estoy bien aquí mismo. Ustedes dos vayan a divertirse. —Sonrío mientras ella me entrega una bebida que había tomado de otro mesero.

Camino más cerca de la banda, viendo como tocan y cantan mientras tomo un sorbo del trago en mi mano. Cuando termino, decido explorar. La idea de caminar sola por la casa me asusta, pero hay demasiada gente aquí para que un grito pase desapercibido. Al menos eso es lo que me digo mientras camino por el pasillo oscuro y me encuentro abriendo la primera puerta.

CAPÍTULO DIECISIETE

Casi me sorprende encontrar el estudio vacío, pero no me sorprende el alivio que se apodera de mí. Apoyo la cabeza contra la puerta y cierro los ojos mientras recobro el aliento. Cuando abro los ojos, miro directamente a la ventana frente a mí. El regalo del Papa. Uno de los Pius, había dicho River. No estoy al día con mis conocimientos sobre el Papa, pero sé que tiene que ser antiguo. Camino hacia ahí de nuevo. Quizás es porque me hace pensar en mi abuela, pero me siento llamado por el ventanal. Mientras estoy allí, mirándolo, una de las velas a mi lado parpadea. Vuelvo mi atención hacia ella y me quedo paralizada cuando veo una figura más allá.

—¿Quién está ahí? —Me giro para mirar a la persona, luego miro al escritorio a mi lado para ver de qué puedo agarrarme para usarlo como arma si se trata de eso.

—No me digas que no reconoces a tu propio primo.

—¿Esteban? —Mi voz sale ahogada, el miedo se acomoda en mi garganta. —P…pero si tú estás muerto.

—¿Estoy muerto? —Él da un paso hacia adelante, luego otro, pero todavía está demasiado oscuro para verlo y en mi inquietud, me encuentro alejándome dos pasos de él—. ¿Me has olvidado?

—No claro que no. —Trago, negando con la cabeza. *Esto no puede ser real. Esto no puede ser real*—. Te moriste. Desapareciste. Asumimos que habías muerto.

—Es cierto.

—Pero, pero eso es imposible. —Mi corazón late más fuerte en mis oídos—. ¿Cómo es esto posible?

—Estoy atado a esta casa, a esta tierra, a lo que él quiera que esté atado.

—Qui… ¿Quién? —Lo miro, deseando tener el coraje de caminar hacia adelante y mirarlo, pero no parece que pueda moverme. Mis pies pesan demasiado para levantarlos.

—¿Crees que soy malvado? —me pregunta, ignorando mi pregunta.

Niego con la cabeza.

—Si me perdonas, puedo seguir adelante. Si me perdonas, me dejará estar en paz. No tendré que revivir mi muerte todos los días, el dolor, la asfixia, el horror.

—P… P… ¿Perdonarte por qué? — Mi labio inferior tiembla.

—Mírame —él grita—. mírame.

—Lo estoy haciendo. Te estoy mirando.

—Mira de cerca —sisea—. Pagué por lo que te hice.

—No entiendo. —Susurro, parpadeando para eliminar las lágrimas para mantenerlas a raya.

Esteban había sido mi primo favorito. Claro, había hecho cosas cuestionables, como llevarme a lugares que no me permitían, pero también me había sacado de problemas más veces de las que puedo contar. Sea lo que sea que pensó que hizo, bueno, por supuesto que lo perdonaría. Él da un paso más cerca de la luz y en ella puedo ver que sus dientes están amarillos, los de adelante crujidos, y su cuello, oh, Dios, su cuello. Parece que alguien lo había atado con una cuerda y lo habían jalado con fuerza. Sus muñecas también. Me llevo la mano al cuello y trago.

—¿Alguien te mató? —Susurro, secándome las lágrimas—. ¿Por qué? ¿Quién haría algo así? ¿Fue porque estabas robando hojas para la tía Julia? ¿Para curarla de su enfermedad?

—Yo era un ladrón —me dice—. Tomé y tomé. Como hizo mi padre. Como hizo tu padre. Tienes que perdonarme.

Su voz es más fuerte ahora, y no se parece en nada a la suya. Suena mezquino y exigente.

Yo doy un paso atrás, tratando de encontrar una manera de llegar rápidamente a la puerta. *Esto no es real.* No es real, pero no quiero quedarme aquí de todos modos. Choco con el borde del escritorio mientras camino de regreso. Esteban avanza rápidamente, como en patines, y se para directamente frente a mí.

—Necesitas perdonarme. —Él extiende una mano y casi espero que me atraviese.

Es cierto que es un fantasma, después de todo, ¿no? Su mano toca mi hombro. Es ligera y rápida justo cuando me alejo, pero es suficiente para dejarme inmóvil, sin aliento, incapaz de hacer nada en absoluto. La puerta del estudio se abre y River entra.

—Vete. —Es lo único que dice, su voz clara y fuerte, y la expresión de enojo en su rostro mientras mira en la dirección donde está Esteban no deja lugar a dudas.

Cuando giro la cabeza hacia donde acababa de estar mi primo, él se ha ido. Tropiezo hacia atrás, mi mano en el borde del escritorio es lo único que me impide caer cuando comienzo a hiperventilar. *¿Qué diablos fue eso? ¿Qué demonios acaba de pasar?*

—Está bien. Estás bien. —Es River, pero suena como el hombre de la silla del diablo.

El pensamiento se me ocurre aparentemente de la nada, pero cuando mi cabeza se gira en su dirección, sé que tengo razón. No por primera vez desde que llegué aquí, me pregunto en qué me he metido y si será demasiado tarde para irme.

Mis ojos se cansan, pesan, y de repente, así, me quedo dormida.

CAPÍTULO DIECIOCHO

—Nadie necesita saber sobre esto —dijo Esteban—. No te creerán de todos modos.

Negué con la cabeza. Yo tenía miedo, pero no me atrevía a decir que no, a decirle que se detuviera. Yo llevaba una falda, así que cuando se subió por encima de mí y puso una mano sobre mi boca y otra mano entre mis piernas, lo único que pude hacer fue gritar, cerrar los ojos con fuerza y rezar para que terminara pronto.

Lo hizo.

Terminó antes de lo que esperaba. No podía soportar mirarlo. En cambio, miré hacia la oscuridad, mi mirada en la niebla que cubría las calles, cubriéndonos. Por eso papi no quería que saliera por la noche cuando estaba previsto que ocurriera el carnaval. Pasaban cosas malas después del anochecer, pero Esteban le había prometido que estaría bien, que él cuidaría de mí, así que papi me dejó ir de todos modos. Un sollozo escapó de mi garganta.

—Oh, vamos, eso no estuvo mal. —Esteban me dio un codazo en el pie con el suyo—. Alguien tenía que hacerlo y prepararte para lo real. Sin embargo, ahora no tenemos tiempo para eso.

Tragué y sentí el sabor de la sangre en mi garganta.

—Voy a ir a buscar algunas hojas de ese árbol. Está al otro lado de las puertas. Vuelvo enseguida. —Se cernió sobre mí—. Quédate aquí.

Asentí, mordiéndome el labio con tanta fuerza que me di cuenta de dónde venía el sabor de la sangre. Escuché cuando se fue y luego lloré. Lloré hasta que mi cara se llenó de mocos y lágrimas y mi pecho estaba agitado. Cuando terminé de llorar, me puse de pie. Algo húmedo se escurrió por mis piernas, y cuando miré hacia abajo, me di cuenta de que estaba sangrando. Eso me hizo llorar de nuevo. Se suponía que Esteban era mi protector.

Todos decían que era como un hermano mayor para mí ya que yo no tenía uno. No se suponía que debía hacerlo… nunca había hecho algo así antes. Empecé a caminar. Él me había dicho que esperara, pero no lo hice. No pude. Yo estaba sangrando. Pasé por las puertas de hierro y vi que estaban cerradas.

—¿Estás bien?

Jadeé y me giré para mirar detrás de mí. Había un hombre, una figura, alguien vestido de negro. Negué con la cabeza y tragué. Mi labio inferior comenzó a temblar y luego comencé a llorar. Lloraba tan fuerte que no sabía cómo terminé sentada en la silla del diablo de nuevo. Me había sentado allí antes, cuando mis amigos me desafiaron, pero eso fue antes de que se fueran.

—Pide un deseo —dijo el hombre.

—Ya lo hice. —Sollocé, limpiándome la nariz con el dorso de la mano—. Quería ser rica.

—Ya lo eres.

—No, mis padres son ricos, quiero tener mi propio dinero.

—¿Qué más deseas?

Me mordí el labio. Pensé en Esteban, en lo que había hecho. Cómo él nunca lo reconocería. Cómo irían las cosas incluso si se lo contara a mis padres. Sacudirían la cabeza y me dirían que estoy loca, que me lo estaba inventando, pero lo sabía. Yo sabía. Un sollozo terrible me atravesó, haciendo que mis hombros temblaran. Quería que Esteban sufriera, como él me había hecho sufrir. Ojalá pudiera irme. Deseé poder irme para no tener que volver a verlo nunca más. Eso era lo que deseaba. Mientras caminaba a casa, sentí que algo me miraba desde la oscuridad del bosque a mi lado. Cuando miré, vi dos ojos dorados mirándome. Cuando parpadeé, estaba parada frente a mi casa. Miré a mi alrededor rápidamente. Como había… ¿Había caminado hasta aquí? Corrí por el camino de entrada, apretando mis manos en puños.

—¿De dónde sacaste eso? —Mi padre abrió la puerta antes de que yo tuviera la oportunidad de hacerlo.

—Yo… —Me miré las manos y me di cuenta de que estaban marcadas, con una X negra en el dorso de cada una.

—¿Dónde está Esteban? —preguntó Papi.

—No lo sé.

—Entra. —Mi padre se apartó y miró hacia afuera brevemente antes de volverse hacia mí y quitarme la cámara de la mano—. Tienes que cubrir la lente, Penelope. Cuantas veces tengo que decirte. Estas son caras.

Él suspiró profundamente, quitándome la cámara. Él miró la pantalla.

—¿Cómo tomaste esto?

—¿Tomar qué?

Papi salió de la habitación de repente.

—Oh, Dios mío, Penélope. ¿Qué pasó? —Mami entró y corrió hacia mí.

—No sé. —Negué con la cabeza y comencé a llorar de nuevo. Mami apoyó mi cabeza en su hombro y me hizo callar suavemente.

—Ella fue a la mansión Caliban. —Mi padre entró furioso en la habitación, gritando.

—No seas ridículo, Máximo. ¿Cómo habría ella llegado allí?

—No lo hice.

—Ella está mintiendo. —Ese fue mi padre—. Tiene una foto de la mansión.

—No estoy mintiendo. No sé cómo llegó esa foto allí.

—Penelope. —Wela jadeó—. Te dije que tuvieras cuidado. Te dije que te quedaras con Esteban.

—Esteban me tocó. Él… me violó —grité, luego comencé a llorar de nuevo, más fuerte ahora que había dicho las palabras en voz alta.

—¿Él qué? —Mi padre rugió.

—¿Qué quieres decir, Penny? —preguntó Mami en voz baja—. Seguro que tu primo no lo haría…

—¿Ni siquiera sabes lo que estás diciendo? —preguntó papi.

—¿Él puso su… ya sabes… ? —preguntó papi, con lágrimas en los ojos.

Negué con la cabeza. No me había metido el pene. Solo su mano. Con fuerza. Penosamente.

—Oh, gracias a Dios —dijo Mami.

—Ella podría estar mintiendo. —Mi padre negó con la cabeza—. Él es un buen chico. Él no lo haría…

—Eso no es cierto —grité, parándome—. No estoy mintiendo. El me hizo daño.

—Con la compañía que mantienes, me cuesta creer que incluso seas virgen —dijo papi.

Mi abuela se hizo la señal de la cruz.

—Detente en este instante, Máximo. —Mi madre se puso de pie—. Ve a buscar a Esteban.

—No voy a cuestionar a Esteban sobre esto. Su madre se está muriendo. Su padre acaba de morir. ¿Crees que esto es justo para él? —Papi preguntó, luego me miró—. Tienes que salir de mi casa. Nos traicionaste. Traicionaste a nuestra familia cuando decidiste ir a la mansión Caliban.

—Yo no fui. Yo no lo hice.

—Sal de mi casa. Ahora. —No fue una solicitud.

Corrí a mi habitación y empaqué una maleta. Mami sollozó. Wela recogió las hojas y lloró en silencio en la cocina. Cuando salí de mi habitación con mi bolso en la mano, Wela era la única que me esperaba. Ella tenía una taza en una mano y dinero en la otra.

—Bebe esto —ella susurró, besando mi frente—. Bebe esto. Todo estará bien.

Y así lo hice.

CAPÍTULO DIECINUEVE

Todo se balancea. La habitación se balancea. Me siento y grito.

—Oye. —La voz de River está a mi lado.

Siento que voy a empezar a hiperventilar de nuevo, pero él pone una mano en mi hombro y al instante me siento tranquila. Tengo miedo de mirarlo. Tengo miedo de mirar a cualquier parte, pero mis ojos están en la sala de su habitación, así que sé que he estado acostada en su cama de nuevo. ¿Había sido todo un sueño? Trago. No. No lo había sido. Incluso las peores pesadillas no son tan horribles como la realidad. Entierro mi rostro en mis manos.

—¿Sigue la fiesta? ¿Mis amigos todavía están aquí?

—Sí.

—¿Qué me pasó? —Susurro.

—Tú recordaste.

—Eso fue… fuiste tú él que… —Trago en seco—. ¿Lo mató?

—Sí.

Me aparto, sí. Él ni siquiera se molesta en parecer arrepentido tampoco. Trago más allá del nudo en mi garganta y respiro hondo.

—¿Mataste a mi padre? —susurro.

—¿Qué?

—¿Mataste a mi padre? —Es más difícil pronunciar las palabras la segunda vez, con un nudo en la garganta y palabras que me saben amargas en la lengua.

—Sí. —Su boca forma una línea plana—. Indirectamente.

—¿Qué significa eso? —Logro decir, mi voz apenas un susurro—. ¿Qué significa indirectamente?

—Significa que murió a causa de un accidente que yo causé, pero no era mi intención matarlo.

—Dios. —Levanto una mano, rozando los diamantes de mi cuello antes de cubrirme la boca para detener el sollozo que quiere salir de mí.

—No me habría detenido ante nada para traerte aquí.

—¿Por qué? ¿Por qué me necesitas aquí? —Dejo escapar una risa ahogada, las lágrimas nublan mi visión—. Dios, eso casi sonaría romántico si no fuera tan engañoso.

—¿No es eso todo lo que es el romance? Engaño envuelto en un bonito paquete.

—El amor real no es engañoso. —Parpadeo, secándome los ojos con la punta de los dedos.

—¿Qué sabes sobre el amor real, brujita?

—No me llames así. —Esta vez, cuando hablo, la ira se registra en mi voz—. Yo… No puedo respirar contigo frente a mí en este momento.

River se pone de pie y se aleja un par de pasos de la cama.

—Mataste a mi primo por mi culpa. —Me limpio la cara y finalmente miro a River—. Me senté en esa silla y pedí ese deseo y luego él murió.

—Tú no deseaste que él muriera.

—¿Es todo lo mismo, no? Su fantasma todavía está aquí. En esta casa.

Él sacude la cabeza.

—Su fantasma es tu recuerdo. Tu memoria lo ha mantenido vivo y, por eso, apareció para ti en su verdadera forma. Eso es lo que pasa durante el carnaval.

—Lo estrangulaste hasta la muerte —susurro, odiando que me duela tanto pronunciar las palabras en voz alta. Odiando estar molesta por algo de eso, incluso después de lo que él me hizo.

—Hice algo peor que estrangularlo —aclara—. Me preguntaste si lo conocía y sí, lo conocía. Cuando él trabajaba aquí, incluso llegué a entablar amistad con él.

Él sacude la cabeza.

—¿Pero cómo es que uno puede olvidar lo que él te hizo?

—¿Lo viste todo?

—No cuando hizo lo que hizo. Entonces lo habría matado. Sumé dos y dos cuando te vi llorar y luego cuando te sentabas en la silla lo vi…

Busco sus ojos.

—Es cierto lo que dicen entonces.

—¿Qué dicen? —Su boca se levanta levemente.

—Que eres el diablo.

—Términos sencillos.

Junto mis manos y las llevo a mi pecho.

—¿Qué vas a hacer, brujita? ¿Empezar a rezar? —Él arquea una ceja—. ¿No crees que es un poco tarde para eso?

—Quiero ir a casa con mis amigos.

—Tus amigos no están en condiciones de volver a casa. —Él se pone de pie y camina hacia la chimenea, mirando los barcos en la pintura—. Además, la marea sube por la noche.

—Pensé que la marea se mantenía baja esta semana. Pensé que ese era el objetivo de la fiesta.

—No soy el señor del mar. ¿Lo eres tú? —Él me mira por encima del hombro. Mi corazón da un vuelco. Mi abuela siempre dice que el diablo es encantador y seductor. Ella no está mintiendo.

—¿Por qué yo? —Hago la pregunta un millón de veces y nunca obtengo una respuesta clara.

—Te diré. —Él se gira hacia mí—. Si te quedas toda la semana.

—¿Toda la semana? —Abro los ojos, sorprendida—. Eso es… dos noches más.

—Esa es mi condición. Dos noches y tomas las hojas cuando te vayas.

—¿Cómo lo sabes?… —Dejo que mi pregunta se desvanezca. Por supuesto que sabe lo de las hojas. Él parece saberlo todo sobre mí. Es una ventaja injusta, pero lo ha sido desde el principio. Me encuentro con su mirada y asiento una vez—. Me quedaré toda la semana.

Su sonrisa es cegadora.

Pecaminosa.

Prometedora.

Malvada.

CAPÍTULO VEINTE

No tengo ningún deseo de ver fantasmas, así que decido quedarme dentro de la habitación de River. Él se queda conmigo. Sólo deja de vigilarme para que yo pueda ducharme y cambiarme,, y luego hace lo mismo antes de acomodarse en la sala para leer un libro. Sigo repitiendo el recuerdo una y otra vez en mi cabeza. Esteban encima de mí, tocándome con fuerza. Me estremezco. No puedo creer que yo lo hubiera olvidado.

—El té —dice River mientras me mira—. El té te hizo olvidarlo.

—Las hojas pueden hacer eso.

—Mi abuela usaba esas hojas para muchas cosas. Para curar a la gente, ayudarla y hacer olvidar. —Niego con la cabeza—. ¿Por qué recuerdo todo lo demás? Ni siquiera recordaba que él desapareció esa misma noche.

—Creemos lo que queremos creer. —River vuelve a su libro.

—¿Eres humano? —Trato de mantener el nivel de voz, pero la pregunta es tranquila. Quizás no quiero saberlo.

—Lo soy. —El borde de su boca se levanta.

—¿Pero no eres…?

—¿El diablo? —Él me mira por encima del libro—. No sé. ¿No eres una bruja?

—No lo soy.

—Vienes de una larga familia de brujas. Muchas de las cuales fueron quemadas en la hoguera.

—Por tener opiniones firmes sobre las cosas.

—Por practicar brujería, Penelope. Incluso tú no puedes engañarte pensando que no lo fueron. Tu abuela es una de las sanadoras más buscadas de la isla. —Él arquea una ceja.

—Sanador no significa bruja.

—Marginado no significa diablo.

Me recuesto contra la cabecera y lo miro. Su mirada pasa rápidamente de mí a su libro, que aparentemente es más interesante. Me cruzo de brazos. Tengo la plena intención de decir algo rápido, pero mi mente regresa al recuerdo.

—Mi padre no me creyó —le digo después de un largo momento. River baja el libro y me mira, pero no dice nada. Nada más se queda esperando a que yo hable—. No me creyó lo de mi primo cuando se lo conté. Dijo que no molestaría a Esteban por todo lo que él había pasado y luego me sacó de la casa como si fuera la basura del jueves.

Llevo mis rodillas a mi pecho y me abrazo.

—Estoy muy enojada. Y triste. Pero, sobre todo, enojada. Durante años quise que mi padre me llamara, que me perdonara por la foto que no recordaba haber tomado. Que estuviera orgulloso de mí por todo lo que yo había logrado y… —Niego con la cabeza y trago de nuevo—. ¿Para qué? Ni siquiera él se puso del lado de su propia hija.

—Él no sabía cómo.

Levanto la vista y me encuentro con la mirada de River de nuevo. La habitación está a oscuras, pero puedo jurar que veo la compasión en sus ojos.

—A veces los hombres no saben cómo lidiar con los errores de otro, por lo que los ignoran. —Él cierra su libro y lo deja, sentándose en el sofá cama y estirando sus largas piernas—. Ponemos excusas para nosotros mismos con la esperanza de nuestra salvación. Ignoramos las malas acciones de los demás para no tener que mirar demasiado de cerca las nuestras. Es la forma en que sobrevivimos.

—Eso no hace que lo que él hizo esté bien.

—Eso es cierto.

—No hace que lo que tú hiciste esté bien.

—He aprendido a vivir con mis pecados, brujita. No necesito tu juicio ni tu penitencia.

—No soy una bruja. —Me siento fruncir el ceño.

River parece querer sonreír, pero no lo hace.

Bostezo ruidosamente.

—No puedo creer que realmente me vaya a dormir después de todo esto.

—Duerme. —Él se pone de pie y se acerca a una de las lámparas de gas, apagándola. Lleva pantalones caqui y una camisa blanca y no parece listo para irse a la cama.

—Podrías… —Me muerdo el labio—. ¿Te vas a quedar?

—¿Quieres que lo haga? —Él se detiene junto a la chimenea—. ¿Después de todo?

Asiento. No sé por qué. No tiene sentido. Debería estar enojada con él. No debería querer volver a ver su rostro nunca más. Y todavía… Suspiro. River se da la vuelta y apaga otra lámpara antes de caminar hacia la cama y deslizarse debajo de las sábanas. Bajo las piernas y me hundo más hasta que mi cabeza está sobre la almohada.

—Tuve un sueño sobre ti. —Me lamo los labios.

—¿Un buen sueño?

—No estoy segura.

—¿No?

Me giro en la cama, frente a él, a pesar de que ahora la habitación está completamente a oscuras y no hay posibilidad de que lo vea.

—¿Tú sueñas?

—Todo el mundo sueña.

—¿Tienes buenos sueños?

—Solo cuando tú estás en ellos. —Puedo escuchar la sonrisa en su voz cuando lo dice, así que sé que él está bromeando. De todos modos, mi cara se pone caliente. Dios. Si tan sólo él supiera el sueño que había protagonizado—. Buenas noches, brujita. Espero que vuelvas a soñar conmigo esta noche.

~~~

Abro los ojos al sonido de voces que murmuran cerca y me giro para ver que River ya no está a mi lado. Cuando me incorporo, sigo el sonido de las voces hasta la puerta, que está un poco entreabierta. Sin embargo, River no está allí, pero puedo distinguir un perro parado allí. Un perro grande. Un lobo. Como si me sintiera, el lobo me mira, sus ojos amarillos brillando en la oscuridad, y desvío la mirada una vez más. La persona al otro lado de la puerta dice algo más, pero esta vez nadie responde. Sostengo el edredón más alto en mi pecho. Por alguna razón, el lobo no me infunde miedo ilícito de la forma en que uno pensaría que lo haría un animal conocido por su crueldad. Quiero quedarme despierta, quiero mantener los ojos abiertos, pero en cambio, me recuesto y los cierro.

~~~

Cuando despierto por segunda vez, me siento rápidamente, mirando a mi alrededor. Ahora hay dos lámparas encendidas y River no está en la cama de nuevo, pero puedo escuchar el leve sonido de la ducha, así que supongo que él está allí. La puerta del dormitorio se abre de repente y agarro el edredón con fuerza. Si vuelvo a ver a Esteban, no estoy segura de lo que haría. ¿Correr?

¿Gritar? ¿Qué puedo hacerle a un fantasma que puede tocarme? Es Mayra.

—El desayuno está servido.

—Oh. Okey. —Me siento fruncir el ceño—. ¿No se supone que debes tocar?

—Nunca llamo a la puerta del maestro Caliban. —Ella sonríe con una pequeña y ese gesto me dice mucho. Él dijo que no son amantes. ¿Él había mentido? ¿Acaso importa? Me apresuro a orientarme. Yo había tenido una noche increíble. Si pude enfrentarme a un fantasma de mi pasado, seguramente puedo ahuyentar a un pequeño mosquito como Mayra.

—Bueno, por favor toca la próxima vez. Después de todo, yo también me quedo aquí y no uso ropa para dormir. —Le devuelvo la misma sonrisa reservada. Ella me fulmina con la mirada y cierra la puerta con un fuerte golpe.

Se abre la puerta del baño. Ni siquiera había escuchado el agua apagarse, pero River está parado allí con el torso desnudo, vistiendo pantalones caqui mientras se seca el cabello con una toalla.

—Esa fue Mayra. Quería que supieras que el desayuno está listo. —Me levanto de la cama y camino hacia el baño, sintiendo una ira inexplicable que aumenta con cada paso que doy. Paso junto a él y entro al baño, ignorando el tirón, ignorando el repentino y loco impulso de reclamarlo como mío. En cambio, mantengo mi voz firme—. Necesito el baño ahora.

—Ella no es mi amante. —Él deja caer su mano, dejando colgar la toalla en su mano.

—No importa.

—¿Te importa?

—¿Por qué me importaría? —Frunzo el ceño, cruzo los brazos y aparto la mirada, pero mis ojos quedan atrapados en nuestros reflejos en el espejo y en su carne dorada y su cuerpo marcado.

—Esa es una pregunta que debes hacerte a ti misma.

—No, no me importa. —Aparto la mirada del espejo y miro su rostro—. Lo que tengo que hacer es salir de aquí.

—Estuviste de acuerdo en quedarte la semana.

—Lo sé, y lo haré. Eso no significa que quiera.

Él pone su boca en una línea delgada y asiente una vez antes de alejarse de mí. Cuando se va, cierro la puerta del baño y me pongo manos a la obra. Ayer arrastré mi maleta hasta aquí mientras me vestía para la fiesta y estoy agradecida de que todavía esté aquí. Hoy, me visto con un vestido recto de color verde oscuro y tacones negros, con la esperanza de que sirva como el impulso que necesito para superar esto. Dos días más. Me quito el cabello de la trenza con la que había dormido y dejo que caiga en cascada sobre mis hombros. Cuando termino, regreso al dormitorio, donde encuentro a River sentado en el diván, leyendo el mismo libro que estaba leyendo ayer. Él lleva pantalones caqui, mocasines negros y una camisa blanca. Él parece todo un graduado de un bachillerato privado, del tipo que tiene un velero y una costosa casa de vacaciones en algún lugar de la costa. Sin embargo, no puedo imaginarme que ese sería el caso de River.

—¿Terminaste de mirar? —Él pregunta, sin levantar la vista de su libro.

—Sí. —Volteo hacia la puerta. No tiene sentido negar que es lo que había estado haciendo.

—Bien, vamos a desayunar. —Él cierra el libro con un ruido sordo y lo deja.

—¿Ni siquiera vas a marcar tu página? —Miro el libro y luego lo miro cuando se pone de pie. Incluso con los tacones de tres pulgadas que uso, se cierne sobre mí—. ¿No perderás donde ibas?

—No importa. Lo he leído antes. —Él comienza a caminar hacia la puerta. Lo sigo rápidamente, mis talones tintinean ruidosamente contra el mármol.

—¿Ese libro enorme? —Abro los ojos, sorprendida—. ¿Por qué lo estás leyendo de nuevo?

—¿Por qué alguien vuelve a leer un libro o vuelve a ver una película? —Él me mira mientras bajamos las escaleras—. Aporta una sensación de comodidad.

—Yo no leo mucho.

—Eso es una lástima.

—¿Por qué es una lástima? —Dejo escapar una carcajada.

—Compadezco a aquellos que no pueden perderse en mundos ficticios.

—Oh. Quiero decir, leo revistas y foros de mensajes en Internet sobre casas antiguas y fotografía, pero no leo muchos libros.

—Como dije, lástima.

Cuando llegamos al primer piso, me sorprende ver que todo se ve impecable, como si no hubiera habido ninguna fiesta.

—¿A dónde fueron todos? —pregunto mientras caminamos hacia el comedor.

—A casa.

—Pensé que habías dicho que no podían salir de aquí. —Siento que frunzo el ceño mientras me siento en la misma silla en la que me había sentado ayer. River toma asiento frente a mí.

—La marea bajó y, después de todo, pudieron hacerlo.

—Ya veo… —Frunzo el ceño. La comida ya está preparada para nosotros y comenzamos a comer de inmediato.

Bueno, yo lo hago. River me deja servirme mi plato primero. Bebo un sorbo de café y lo miro—. Te vi anoche. Eras un lobo.

—¿Un lobo? —Él arquea una ceja—. Un protector. Eso es lo que los de tu clase dirían sobre ese sueño.

—¿Mi clase? —Yo dejo escapar una carcajada—. ¿Te refieres a los humanos?

—Por supuesto.

Su respuesta me da una pausa. Él ya me había dicho que es humano, pero la forma en que lo dice así, con tanta ligereza, me llena de confusión. Más aún porque me doy cuenta de que, a pesar de mí, quiero creer en alguien, tal vez incluso soñar un poco como uno de los personajes de las historias de ficción que a él le gusta leer. No tiene ningún sentido, especialmente porque, por mi propia cuenta, me muero por dejar este lugar, pero, aun así. Lejos de ser una locura para mí sentirme atraída por alguien que ni siquiera termina siendo parte de la raza humana. Quizás él está mintiendo y es realmente un fantasma, como Esteban. Me encuentro con su mirada. Él me está mirando de cerca. Esperando.

—¿Eres humano? —pregunto mi voz casi un susurro.

—¿Volvemos a eso? —Él se ríe entre dientes—. Soy lo que tú necesitas que sea.

—¿Qué significa eso?

—Si quieres que sea un lobo, seré un lobo. Si quieres que sea tu amante, seré tu amante. —Su mirada se oscurece—. Pero sí, soy humano. No soy un fantasma o una criatura de la noche si eso es lo que te preocupa.

—No estoy preocupada por eso. —Me aclaro la garganta, todavía tratando de superar la parte de los amantes—. ¿Por qué siempre está tan oscuro aquí? ¿No te vuelve loco?

—¿Por qué me volvería loco? Es todo lo que he conocido.

—Nunca respondiste a mi pregunta el otro día. ¿Fuiste a la universidad? ¿O la escuela en general? —pregunto, corrigiéndome rápidamente. Quizás él había sido educado en casa.

—Sí, sí fui.

—¿Hasta qué grado?

—Cuarto año de la facultad de medicina. —Su boca se curva. Él está tan divertido con mis preguntas y tan malditamente sexy cuando mira de esa manera. No estoy segura de cuál de los dos es más enloquecedor.

—¿Escuela de medicina? —Arqueo una ceja—. ¿Supongo que no terminaste?

—No lo hice.

—¿Pero el cuarto año? Estabas tan cerca de terminar. ¿Qué pasó?

—La vida. —Él suspira profundamente.

—¿Dónde obtuviste la licenciatura?

—Cambridge.

Levanto las cejas.

—¿Y la escuela de medicina?

—Cambridge.

Mi mandíbula cae momentáneamente.

—¿Por qué estás aquí?

—Esta es mi casa. —Él se ríe profundamente—. ¿Dónde más estaría?

—Esta es la casa de tus padres. Podrías conseguir la tuya fácilmente o terminar tus estudios. ¿Por qué no terminaste?

—Mi padre me necesita aquí ahora mismo y él necesitaba a alguien que se hiciera cargo de sus inversiones.

—Así que la facultad de medicina se dejó de lado.

Él asiente. Eso es creíble. Eso es lo correcto de hacer. Era lo que mi padre hubiera querido que yo hiciera si las cosas hubieran sido diferentes entre nosotros. Por otra parte, la retrospectiva es veinte-veinte. Probablemente era algo que quería que hiciera Esteban. Pensar en mi padre y Esteban me revuelve el estómago. Ya no tengo hambre.

—Así que mis amigos se fueron sin mí. —Miro hacia el salón de baile, donde todos habían estado bebiendo y bailando anoche.

—Regresarán esta noche. Después de todo, es un evento de una semana. —Él deja la servilleta al lado de su plato—. ¿Supongo que querrás unirte a las festividades de nuevo?

—No estoy segura de querer hacerlo. —Frunzo mis labios—. Quiero ver a mis amigos, pero no creo que quiera repetir lo de anoche.

—Eso es justo.

—Y no quiero volver a vestirme de punta en blanco.

—Te ves hermosa sin importar lo que uses.

Me muerdo el labio y aparto la mirada con la esperanza de ocultar mi sonrojo. Necesito orientarme si voy a quedarme dos días más. Lo último que necesito es entregar mi corazón al diablo por unas hojas.

CAPÍTULO VEINTIUNO

River va al estudio para recibir algunas llamadas telefónicas, pero no me atrevo a caminar cerca de él, incluso después de que me dijo que los fantasmas no se aferran a una habitación específica. Comienzo por regresar al dormitorio, pero cuando me acerco a las escaleras, veo a Sarah saliendo del pasillo.

—Bueno, hola, querida. —Ella sonríe alegremente—. ¿Estás ocupada?

—Para nada, sólo volvía a la habitación.

—Camina conmigo.

—Por supuesto. —La sigo hasta la parte trasera de la casa—. No te vi en la fiesta anoche.

—Escuché que te asustaste un poco. —Ella me mira. Es tan extraño verla de cerca así después de toda una vida viendo fotos descoloridas.

—Vi un fantasma.

—¿Uno bueno o uno malo?

—Uno familiar.

—¿Esos son los peores, no? —Su nariz se arruga—. A veces es mejor hacer lo que te piden y dejar atrás el pasado.

—¿Estás hablando por experiencia?

—Así es. —Ella abre la puerta que conduce al patio trasero y me deja pasar primero.

La niebla es más densa que ayer, arremolinándose a nuestro alrededor como una serpiente.

—No creo que haya una fiesta después de todo esta noche —ella reflexiona, mirando a su alrededor—. Las condiciones no son ideales para viajar.

—¿Alguna vez abandonas esta isla?

—Por supuesto que sí. —Sonríe—. He pasado mucho tiempo en Francia. En España. En Lisboa. Me siento más feliz allí.

—¿Por qué no mudarse entonces?

—Mi marido me necesita. —Ella sonríe suavemente—. Me preguntaste si hablo por experiencia con respecto a los fantasmas.

Ella deja de caminar cuando llegamos a un árbol. *El árbol.* Ella comienza a cortar hojas y a ponerlas en una pequeña canasta de mimbre que está debajo. Mientras las corta, me mira.

—Mi exmarido me perseguía al principio.

—¿Al principio? —Frunzo el ceño—. Pero él no estaba muerto.

—No físicamente, no, y, sin embargo, me perseguía de todos modos.

—¿Cómo? ¿Por qué?

—Sospecho que se estaba aferrando a la esperanza de que yo regresara. —Ella deja de recortar, cierra las tijeras y las guarda en la canasta y se sienta debajo del árbol, palmeando el lugar junto a ella. Me acerco y me siento, doblando las piernas hacia un lado. La hierba está sorprendentemente seca.

—Así que te perseguía porque quería que volvieras con él —le digo—. ¿Crees que tal vez fue tu propia culpa por dejar lo que hizo que te persiguiera?

—No. Realmente no. Me horroricé cuando Wilfred me eligió. Quiero decir, yo ya era la comidilla de la ciudad. Llevaba casada cinco años y no tenía hijos, y cuando llegó esa noche y Wilfred anunció que era a mí a quien quería, a mí... fue impactante para todos.

—Me imagino. Los hombres no suelen elegir mujeres casadas.

—No por no quererlas o por decencia. —Ella me lanza una mirada—. Yo sabía que muchas mujeres tenían aventuras, pero nunca harían nada para mostrarlo abiertamente.

Vuelve a mirar la cesta de mimbre que tiene en el regazo.

—Mi matrimonio fue terrible. Mi esposo se burló de mí por no poder quedar embarazada y acabábamos de tener una gran pelea por mi valor y lo poco que estaba contribuyendo, así que cuando Wilfred dijo mi nombre, a pesar de la razón, a pesar de saber lo horrible que me haría lucir, Me alegré.

—Parece que él te salvó de alguna manera.

—De muchas maneras. —Sonríe—. Y también yo lo salvé de muchas maneras. River estaba en un internado en ese momento. Acababan de perder a Rosie, la madre biológica de River. La casa tembló cuando llegué aquí, visiblemente, como si estuviera de duelo. Sé que la isla está oscura y puede ser un poco espeluznante, pero la casa no es el problema, es la maldición que se cierne sobre ella.

—La maldición que le puso mi familia.

—Me han dicho que no crees en las maldiciones, pero si vieras una foto de la casa antes y después de la maldición, te verías obligada a cuestionar esa noción.

—¿Hay alguna manera de librarse de ella?

Ella sonríe con tristeza.

—Algunos miembros del personal piensan que cuando mi esposo muera, la maldición desaparecerá. Podrían tener razón. No hay forma de saberlo. Sin embargo, ya sabes lo que dicen sobre la isla.

—Toma uno y devuelve otro —susurro.

Sarah asiente lentamente, con tristeza, y no puedo evitar preguntarme si hay alguna otra forma, una que no requiriera la muerte.

CAPÍTULO VEINTIDÓS

RIVER

Él piensa que debe haber otra forma.

Le había costado seis años devolverla a la isla Pan y toda una vida para llevarla a la isla Dolos, y, sin embargo, quiere buscar otro camino. De cualquier forma, que les perdonara la vida a ambos, pero parece imposible. Quizás es un plan condenado al fracaso desde el principio. Tal vez debería hacer lo que se supone que debe hacer y llevarla a la cueva, a la parte de la isla donde, según la leyenda, según el hombre de negro, podría revertir todo esto.

Podría restaurar todo como antes.

Él no esperaba disfrutar de su compañía tanto como lo hace.

Él no esperaba disfrutar de la risa.

De su luz.

De cualquiera de las cosas sobre las que solía leer pero que no había experimentado jamás. Él no esperaba que ella fuera como es, por lo que tiene que buscar otro camino.

CAPÍTULO VEINTITRÉS

Está oscuro y lúgubre, lo cual no es una sorpresa, pero también está lloviendo fuerte afuera, y eso no había sucedido desde que yo había llegado. Suspiro, alejándome de la ventana y volviendo a la mesa. River, Sarah y yo hemos terminado de cenar y ella se disculpa para volver a su habitación, dejándonos a él y a mí aquí. Nos hemos vestido para la fiesta: él con un esmoquin, yo con un vestido plateado y marfil hasta el suelo. Yo dije que no quería vestirme elegante, pero cuando lo vi, no pude dejar de usarlo. Es similar al de anoche en que también es simple, también está hecho de seda fina y tampoco me permite usar sostén.

—Quiero mostrarte algo. —River se levanta de su asiento y me tiende la mano.

La tomo y lo sigo fuera del comedor. Él camina por el otro pasillo, el que conduce al exterior, pero en lugar de ir a la puerta del patio trasero, abre la puerta a la izquierda. Me deja entrar primero, siguiéndome de cerca y cerrando la puerta. Está oscuro. Completamente oscuro, ni siquiera una lámpara de gas para iluminar el camino.

—¿Río? —susurro.

—Un segundo. —Lo escucho preocuparse por algo, pero no sé qué, hasta que la luz se ilumina. Sostiene una linterna entre nosotros—. Tienes que seguirme de cerca.

—¿A dónde vamos? —pregunto, luego me detengo cuando escucho un goteo, luego otro—. ¿Qué es ese sonido?

Por lo que puedo ver, la habitación está vacía. River camina y yo lo sigo y cuando llegamos a una cuerda que cuelga del techo, él levanta la mano y la tira hacia abajo, trayendo una escalera con él. Deja la lámpara en el escalón frente a su rostro y me mira.

—Tendrás que confiar en mí.

Lo miro fijamente. No confío en nadie. Especialmente no después de ayer.

—Tendrás que al menos confiar en mí para garantizar tu seguridad. —Su mirada busca la mía—. Lo que quiero mostrarte está ahí arriba. Tendrás que quitarte los tacones, a menos que confíes en ellos.

Me agacho y me quito los zapatos, llevándolos por el talón en mi mano derecha.

—¿Ahora qué?

—Ahora sube. —Da un paso atrás.

Trago y hago lo que me dice. Tengo demasiada curiosidad por no hacerlo y si la fiesta no está sucediendo eso significa que no estaré viendo a mis amigos esta noche de todos modos ni me iré de todos modos. Cuando llego a la cima, miro hacia abajo y lo veo trepando detrás de mí. Una vez que ambos estamos arriba, sube las escaleras y las dobla. Estamos dentro de otra habitación oscura. El ático, supongo. Nunca he estado dentro de un ático.

—Quédate quieta —me dice.

Obedezco.

Él camina hacia algún lugar y de repente hay luz. Jadeo. Pequeñas velas cuelgan por todas partes de la habitación. No el tipo de luces que tiene el resto de la casa, que está iluminada por velas y gas. Son luces eléctricas reales. No sé por qué, pero saber que incluso esta pequeña parte de la casa está iluminada con electricidad me da esperanza. No es que necesite esperanza. Me iré pronto. No me quedaré atrapada aquí como lo hizo Sarah. Camino hacia adelante. Una ventana grande y ancha cubre la pared más larga y, aunque está oscuro, sé que la luna está en alguna parte. Hay un colchón al lado de la ventana y un edredón blanco mullido que se parece al de su cama.

—¿Qué es este lugar? —Me giro para mirarlo, los tacones aún cuelgan de mi mano.

—Es mi parte de la casa. —Él está de pie allí, mirándome mientras lo asimilo. Esperando a que diga algo, como si mi opinión importara.

—Es encantador —digo finalmente, sonriendo cuando lo miro, y luego, él sonríe—. Tienes una hermosa sonrisa, ¿sabes?

—¿Yo? —Sonríe más ampliamente. Me obligo a apartarme de él.

—¿Por qué me muestras esto? —Me acerco a la ventana, sorprendida de no tener que encorvarme para quedarme allí.

Es bastante alto considerándolo. River camina detrás de mí, poniendo una mano sobre mi cadera. Trato de luchar contra la electricidad que su toque me atraviesa, pero es inútil. En lugar de alejarme, me fundo con él, mi espalda expuesta contra los botones de su camisa. Cierro los ojos momentáneamente, disfrutando de este momento, como si fuéramos dos amantes que se conocen desde hace años, que comparten intereses comunes y no se les ha enseñado a no confiar el uno en el otro. Aquí arriba, nada de eso importa.

—Nada de eso importa. —La voz de River en mi cabeza hace que mis ojos se abran de golpe.

No hay ningún lugar para que me aparte, pero él debe haber sentido que necesito espacio, porque me suelta y da un paso atrás antes de que me gire hacia él.

—Tú… —Busco su rostro—. ¿Puedes leer mi mente?

—Algunas veces.

—Tú dijiste que eras humano.

—Soy humano. —Inclina la cabeza, su voz baja levemente—. Y siento que se nos está acabando el tiempo.

—¿El tiempo para qué?

—Para todo —suspira profundamente—. Quiero que me conozcas antes de irte.

—¿Qué quieres de mí? —Se me caen los tacones de las manos, cayendo al suelo de madera debajo de nosotros.

—Quiero todo y nada.

—¿Qué significa eso? —Me lamo los labios.

—Te deseo. Es así de simple. Te deseo.

—¿Por qué? —Doy un paso atrás—. ¿Porque me deseas?

—¿Cómo no voy a hacerlo? —suelta una carcajada.

—Ni siquiera me conoces. Dices que quieres que te conozca, pero ni siquiera me conoces.

—Es verdad.

—No es así. —Frunzo el ceño.

Se acerca a mí. No me muevo, a pesar de mi corazón salvaje, a pesar de mi pulso acelerado, me quedo quieta. Dejo que acorte la distancia entre nosotros, dejo que me acaricie el costado de la cara con la palma de la mano y cierro los ojos para disfrutar de su toque. Mis labios se separan cuando su pulgar roza mi labio inferior. Entonces abro los ojos y miro a los suyos.

—Estamos hechos de la misma esencia, brujita.

—¿Por qué me llamas así? —Yo susurro.

—La gente llama bruja a mi familia. Quieren arrojarnos piedras, quemar nuestra tierra. —Su boca se levanta levemente—. Pero eres tú quien me hechizó. Desde el momento en que te conocí hace tantos años, no he dejado de verte, de fantasear contigo.

—¿Por qué? —susurro.

—No sé. Algunas cosas son inexplicables. —Él deja caer su mano de mi cara y mira por encima de mi hombro. Sigo su línea de visión y veo que el cielo está despejado.

—¿Cómo sucedió eso? —lo miro. Su mirada encuentra la mía una vez más.

—A veces todo se alinea y la niebla simplemente se levanta.

Asiento lentamente. Siento esas palabras en lo más profundo de mí, como si él hubiera metido la mano y las hubiera plantado allí, y cuando se inclina y me besa, amoldo mis labios a los suyos, mi lengua a sus movimientos, dejo que respire en mis pulmones. Sus manos son lentas, suaves, mientras me desnuda, su boca siguiendo cada lugar que tocan sus manos. Su lengua es caliente contra mi piel, en mi clavícula, sobre mi pecho, sobre mi seno. Jadeo cuando su lengua golpea mi pezón, mis manos luchan por quitarle la chaqueta. Él se aparta de mí y se desviste, primero se quita la chaqueta, se quita la corbata y luego se desabotona cada botón y los pantalones. Mis zapatos se deslizan fuera de mi mano, corriendo el mismo destino que mi vestido, que se agolpa a mis pies. Lo único que me queda es la fina tanga que llevo. Me la dejo tal como él se había dejado sus calzoncillos negros.

—Pareces una modelo de ropa interior.

—Yo diría lo mismo de ti, pero no estás usando mucho. —Él sonríe. Dios. Esa sonrisa.

—Deberías ser un pecado.

—A lo mejor si lo soy. —Da un paso adelante, llevando ambas manos a ambos lados de mi cara—. ¿Orarías contra mí?

Niego con la cabeza.

—No rezo mucho.

—Entonces eres una pecadora.

—Quizás. —Inclino mi barbilla un poco más alto, preguntando, suplicando, y luego, me quedo paralizada.

—¿Qué ocurre?

—Nunca he hecho esto antes —susurro, mi labio inferior temblando levemente—. Así no.

—¿Cómo qué? —Él besa mi frente, luego cada párpado mientras yo cierro los ojos.

—Cediendo permiso —susurro. De repente me siento incómoda, pero la expresión de su rostro es de devastación, comprensión y compasión.

—Me lo dijiste, ¿recuerdas? Cuando te sentaste en esa silla —me dice—. Te creí. Creí cada palabra que me dijiste. Luché por ti.

Un sollozo queda atrapado en mi garganta. Trago y asiento, las lágrimas me pican en los ojos y me corren por la cara. Él me había creído y había sido él quien se había vengado en mi nombre. No mi padre. No mi madre. No mi abuela, sino un extraño. Un extraño del que me habían dicho que me mantuviera alejada, del que debía tener un miedo mortal. Envuelvo mis brazos alrededor del cuello de River y acerco su rostro al mío, dándole un beso, desesperada por él, desesperada por olvidar, recordar, sentir, simplemente *ser*. Él me besa con el mismo ardor. Explora mi cuerpo con su boca. Exploro el suyo con mis manos, cada músculo rígido, y cuando envuelvo mis brazos alrededor de su espalda, siento una cicatriz, luego otra y otra. Jadeo, pero no es por la sensación de sus imperfecciones, es porque comienza a moverse por mi cuerpo, colocando su cabeza entre mis piernas. Me estremezco, sintiendo su boca sobre mi montículo, su lengua sobre mi clítoris. Mi cabeza cae hacia atrás.

Esto es mejor que mi sueño. Mejor que cualquier cosa que hubiera imaginado. Y cuando engancha sus dedos en mi tanga y la arrastra por mis piernas antes de llevar su boca de regreso a mi coño, sé que no hay forma de haber imaginado esto sin la experiencia. Detrás de mis párpados, veo colores destellando, las estrellas disparándose hacia y desde su lugar en el espacio. Con su lengua dibuja otra constelación, una privada, solo para mí, y cuando llego al orgasmo, es su cara la que veo pintada en todos esos colores. Todavía estoy jadeando cuando abro los ojos y lo veo arrodillado ante mí, mirándome con la ropa interior todavía puesta. Me incorporo sobre mis codos y alcanzo el elástico, mirándolo a los ojos, preguntando, suplicando.

—No tenemos que hacerlo.

—¿No soy yo tu premio? ¿Para hacer conmigo lo que quieras?

—Yo… —Deja escapar una risita, mirando a otro lado brevemente—. Tenerte aquí es premio suficiente, incluso si me dejas, incluso si me olvidas.

—¿Cómo podría olvidarte? —Me siento derecha ahora, hasta que estamos nariz con nariz—. ¿Cómo puedo olvidar esto?

—Lo harás. —Sus ojos están tristes mientras habla y pone una mano en el centro de mi pecho—. Lo has hecho antes. Lo harás de nuevo. Está bien, brujita. Me conformaré con vivir dentro de ti. En lo profundo de tus huesos. Siempre me sentirás ahí, con cada respiración que tomes.

Vuelvo a acercarlo a mí, le beso la boca con reverencia y le quito la ropa interior con su ayuda. Me aparto y lo miro, sabiendo que mis ojos están tan abiertos como platos. No es como si tuviera muchos hombres con quienes compararlo, o cualquiera, para el caso, fuera de la búsqueda ocasional de pornografía, pero River es enorme. Envuelvo mi mano alrededor de él, tirando suavemente. Haciéndolo gemir, cayendo sobre mí y poniendo sus puños a cada lado de mí mientras su boca encuentra mi cuello.

—Me matarás —susurra—. Me vas a matar, joder.

—Moriré si lo hago. —Me encuentro con su mirada.

Sus ojos se agrandan ante eso. No sé de dónde vienen las palabras ni por qué las dije. Lo único que sé es que, en ese momento, siento que mi pecho se hundiría si no lo tengo dentro de mí, y sé que darle la bienvenida sin duda cambiaría mi vida. Entonces River se instala entre mis piernas, deslizando sus dedos dentro de mí para persuadirme, pero no necesito ser persuadida. Él se desliza dentro de mi suavemente, lentamente, manteniendo sus ojos oscuros en los míos como para asegurarse de que estoy bien, o tal vez sea para inmortalizar el momento.

No puedo respirar.

No puedo pensar.

Lo único que puedo hacer es sentir. Siento a River dentro de mí, su circunferencia estirándome mientras me llena. Cada vez que parece que va a retirarse, lo sujeto con más fuerza, envolviendo mis piernas alrededor de su cintura, mis manos agarrando sus fuertes brazos, mientras mantengo mis ojos en los suyos, incapaz de apartar la mirada. Como mi primer orgasmo y mi sueño, lo siento deslizarse por mi columna y extenderse a través de mí. Por unos segundos, es como si todo fuera perfecto, todo fuera de luz, todo estuviera en color, y luego él dice mi nombre.

Penelope —suspira, su frente contra la mía mientras empuja dentro de mí más profundo, más rápido—. Penelope.

Mis piernas empiezan a temblar de nuevo, y esta vez, me corro con un grito, diciendo su nombre en un cántico que no puedo imaginarme olvidar.

Jamás.

CAPÍTULO VEINTICUATRO

—¿Podemos quedarnos aquí? —Inclino la cabeza para mirar a River, que está sonriendo.

—No veo por qué no. —Él besa la parte superior de mi cabeza—. Siempre y cuando no te importe el pequeño inodoro y la falta de ducha.

Suspiro profundamente.

—Puedo hacerlo con el inodoro pequeño. La falta de ducha, no tanto.

—Ya me lo imaginaba. —Él se ríe entre dientes, el sonido me hace sonreír más.

—¿Cómo lees mi mente?

—Si te lo dijera, no me creerías. —Él se mueve, volviéndose para que estemos cara a cara—. Sucede cuando estoy en la propiedad. No puedo andar leyendo mentes cuando estoy en otro lugar.

—Quiero escuchar la historia. —Paso un dedo por un lado de su cara, marcando cada contorno de hueso perfecto—. Te creeré.

—No estoy seguro de que lo hagas.

—Tu madre se ahogó, ¿no es así? —pregunto—. ¿De eso se trata?

—En parte. —Su sonrisa vacila.

—No tenemos que hablar de eso.

—Nunca había hablado con nadie sobre eso. —Él se acerca y mete un mechón de cabello suelto detrás de mi oreja—. Ella quería… *necesitaba* llegar a una de las islas grandes, a Pan, o a la República Dominicana o Puerto Rico o Cuba, pero Pan estaba más cerca y Pan estaba donde estaba su médico, así que allí era donde ella tenía que estar. A mi padre, como sabes, no se le permite poner un pie allí. No es tanto que él no quiera ir. Él lo ha intentado, pero parece que no puede pasar de cierto lugar.

River se ríe.

—Un hombre que posee tantas propiedades y tiene tantas inversiones, hoteles, restaurantes, clubes nocturnos, y no puede poner un pie en el único terreno que lo llama, que lo parió.

—Es un poco triste cuando lo dices así —susurro.

—¿Sólo un poco?

—Bueno, es un poco difícil sentirse triste por los magnates exitosos.

—Tu padre, según todos los informes, fue un magnate exitoso.

—Y nunca me sentí triste por él. —Arqueo una ceja. River sonríe.

—A mi madre se le permitió entrar en Pan. Pudo atravesar las barreras invisibles sin ningún problema y visitó a su médico allí e incluso salió a cenar con amigos. Después de todo, ella no era una verdadera Caliban.

Respira temblorosamente.

—Ella estaba embarazada de una niña. Mi hermana pequeña. Esa noche... —Traga en seco—. Esa noche, sus contracciones se estaban volviendo más fuertes y debido a que su parto conmigo, diez años antes, había sido tan rápido, decidió ir a Pan.

—Dios mío. ¿Tenías diez años cuando sucedió?

Él asiente con gravedad.

—Fui con ella. Sabía cómo manejar el barco, sabía cómo conducirlo. Yo tenía diez años, pero había crecido en todo tipo de barcos, navegando, pescando. Además, mi padre estaba de viaje de negocios y mi madre era mi... bueno, ella era mi mejor amiga, de verdad. Lo hacíamos todo juntos. —Sonríe con tristeza—. Ella me llamaba su compañerito y pensarías que estaría celoso de la niña que estaba esperando, pero yo estaba emocionado. Finalmente, alguien con quien jugar, incluso si fuera una década más joven.

—River. —Me trago el nudo en mi garganta y sigo escuchando.

—La niebla no era densa ese día. El árbol estaba floreciendo, la hierba estaba verde hasta el lugar donde la hierba se convirtió en arena y luego en agua del océano. Fue agradable salir. Hasta que no lo fue.

—¿Qué pasó?

—Por lo que recuerdo, que es mi memoria de diez años, los vientos se levantaron de repente. Recuerdo la niebla, que se había aclarado un segundo antes, envolviéndonos como una manta espesa y oscura. Recuerdo a mi madre gritando, gritándome que me asegurara el chaleco salvavidas. El de ella no le funcionaba… trató de ponérselo, pero su vientre no se movió. —Él sacude la cabeza—. Su cuerpo nunca fue encontrado.

—Dios mío. —Me siento con un grito ahogado.

—Cuando volví en sí, yo estaba acostado en la silla del diablo. —Él me mira con tanta atención, como si necesitara que le prestara mucha atención—. Me preguntó qué quería. Cuál era mi deseo. Dije mi madre, mi hermanita. Él rio. Se rio.

River niega con la cabeza con incredulidad.

—Luego me dijo que las personas muertas no podían resucitar a otras personas muertas.

—¿Qué? —grito.

—Así que pedí que me trajeran de regreso. Pedí la vida. Solo vida. Pensé que si estaba vivo me dejaría traer de vuelta a mi madre. —Él traga, mirando hacia otro lado, por la ventana, donde los hermosos y despejados cielos se han convertido en un repentino aguacero torrencial—. Él no lo hizo. A cambio de mi vida, me ató a él, a esta isla. A esta casa. Tengo rachas de libertad aquí y allá, pero siempre tengo que volver aquí

No sé qué decir, así que me quedo en silencio. ¿Qué puedo decir? ¿Qué me arrepiento? ¿Que deseo poder hacerlo todo de otra manera? Lo hago, pero no puedo. Puse mi mano sobre la suya y la apreté.

—Sarah llegó poco después. —Me mira de nuevo—. Yo estaba en un internado para entonces. Pasé la mayor parte de mi vida fuera de aquí, enterrado en libros, fiestas, mujeres. Cualquier cosa para escapar de la memoria y lo que había hecho, pero de vez en cuando yo… es como un imán. Siento que, si no vuelvo a casa, mi cuerpo se destrozará.

—¿Así que por eso vuelves? ¿Por eso no terminaste la escuela de medicina?

—Realmente no puedes estar de guardia en el hospital y también a la disposición de la llamada de diablo. —Él sonríe suavemente—. No es del todo malo, pero aun así, quiero que se rompa la maldición. Quiero que todo se haya ido.

—Quieres ser libre —susurro.

Asiente.

—Cuando mi padre envió un mensaje de que había sido elegido como anfitrión del carnaval este año, una vez más me sentí magnetizado, obligado a regresar, pero todo el tiempo supe a quién elegiría.

—No podrías haber sabido que yo estaría aquí.

—Pero lo hice.

—Por el accidente.

—Desafortunadamente —acepta y parece realmente arrepentido.

—¿Cómo sabías que mi abuela me dijo que buscara las hojas?

Sus ojos brillan.

—Tu expresión lo delató en el momento en que lo viste. Además, he escuchado historias sobre los tés y pociones de tu abuela.

—¿Buenas o malas?

—A mi madre no le caía bien. Cuando ella estaba embarazada de mí, tu abuela no la ayudó con una forma natural de aliviar el dolor de espalda.

Suspiro.

—Nunca he entendido la disputa entre nuestras familias.

—La mayoría de las disputas son malentendidos que se alimentan de otros malentendidos. —Él se encoge de hombros—. No es nuestro problema.

—¿Por qué tienes tantas cicatrices? —Me llevo una mano a la espalda y dejo que mis dedos las recorran. Su espalda es una mezcla de cicatrices y verdugones, algunos más profundos que otros.

—Es parte de la maldición. Cada vez que se usan esas hojas para curar a alguien, me sale una nueva cicatriz en la espalda.

—¿Te duelen? —Lo miro a los ojos, mis dedos todavía los recorren.

—Cuando aparecen, sí. No lo ha hecho en algún tiempo.

Aprieto los labios y pienso en mi abuela, que usa tanto esas hojas que se le acaban. Me pregunto si ella sabe sobre esta maldición, sobre las cicatrices de River. Me pregunto si ella entiende lo que le está haciendo a él cada vez que ayudaba a alguien más o incluso si le importaba. Odio verlo así. Odio saber que todas esas cosas le habían sucedido y que de alguna manera mi sangre está ligada a eso.

—¿Qué harás una vez que se rompa la maldición? —pregunto después de un momento.

—Si alguna vez se rompe —dice.

—Lo hará. ¿Qué vas a hacer?

—No lo sé. —Él me lanza una sonrisa secreta—. Probablemente convertirme en un médico de urgencias en algún lugar. Quizás en Florida.

—Eso no fue un sueño, ¿verdad?

—Lo fue. Simplemente lo experimenté contigo. —Él sonríe—. Tienes una mente muy sucia, brujita. Me gusta.

—Normalmente no. —Me siento sonrojarme profundamente—. Siempre he sido una mojigata.

—Dices eso como si fuera algo malo.

—A veces se siente como si lo fuera. Mis amigos son todos… libre. —Frunzo el ceño—. Nunca he pensado mucho en el sexo. No hasta…

—¿Hasta qué? —Sus ojos se oscurecen.

—Tú sabes hasta que. —Me muerdo el labio, odiando el calor en mi cara, en todo mi cuerpo—. Probablemente puedas leer mi mente ahora mismo.

—Prefiero escuchar las palabras que salen de tu boca.

—Hasta ti. Sacas esto en mí.

—¿Yo? —Me alcanza, cargándome en su regazo de modo que mis piernas estén separadas a cada lado de él y nuestras caras están juntas.

Incluso cuando me inclino para besarlo, él me mira con tal nostalgia que casi me rompe el corazón. Pienso en lo que había dicho antes, en cómo lo había olvidado una vez y él sabía que lo olvidaría de nuevo, y me mata pensar que solo uno de nosotros llevaría este recuerdo para siempre. Si ese es el caso, haré que valga la pena.

CAPÍTULO VEINTICINCO

Él conduce rápido, a pesar del terreno accidentado y desigual. Mientras tanto, mi corazón está en mi garganta mientras me sostengo en mi asiento, como si agarrarme a algo pudiera salvarme si el carro se saliera de la carretera y chocar con la montaña, o algo peor.

—Tal vez puedas bajar un poco la velocidad —digo finalmente, porque actuar con valentía es genial, pero mantenerse con vida es mucho más importante.

—Lo siento. —Él cambia de marcha y reduce la velocidad. Dejo escapar el aliento que parece he estado conteniendo desde que dejamos la mansión.

—No usar el cinturón de seguridad puede matarte. —Lo miro a tiempo para ver que su boca se levanta—. Sin embargo, conducir así y no usar el cinturón de seguridad seguramente te matará.

—Lo sé.

—Y lo sigues haciendo.

—Digamos que he pasado la mayor parte de mi vida probando mis límites.

—Tanto como puedas… entiendo que, considerando que vendiste tu alma al diablo y todo eso, no creo que sea justo empujar los límites conmigo en el carro.

—Tienes razón. —Él agarra mi mano y se la lleva a los labios—. Tienes razón. Lo siento.

—Está bien. Deja de intentar matarme.

Él se ríe entre dientes, es una carcajada profunda que me sorprende del todo. Tengo una pregunta en la punta de la lengua, pero luego veo luz frente a nosotros y mi voz se queda en mi garganta. Es un pueblo, una ciudad, con calles y farolas y estructuras. Hay gente saliendo a la calle de los bares, de cualquier negocio que esté en marcha. River se detiene en la acera y estaciona el carro, volviéndose hacia mí.

—No estabas bromeando cuando dijiste que había un pueblo entero —le digo.

—¿Quiénes son todas estas personas?

—A algunos los conociste en la fiesta la otra noche. Otros están aquí para divertirse. Todas son las almas perdidas de las que se habla tan a menudo cuando la gente menciona a Dolos.

—¿Pero ellos están… vivos, verdad?

—Mucho. —Sus ojos se arrugan—. ¿Alguna vez muere un alma?

—No estoy segura. —Parpadeo—. Te suscribes a la noción de que nada muere.

—Es lo que sé. —Él se encoge de hombros y mira por el parabrisas delantero. Sigo su mirada—. La mayoría de estos son burdeles, bares, lugares en los que pueden venir y jugar, hacerte rico rápidamente.

—Interesante. —Lo miro de nuevo—. ¿Pasas mucho tiempo aquí?

—Diablos, no. —Su mirada se posa rápidamente en la mía—. Solía hacerlo, cuando era más joven. Se hace viejo rápidamente, como ocurre con la mayoría de los vicios.

—Excepto por fumar aparentemente.

—Bueno, eso es un hábito adictivo. —Sonríe.

—También lo es el juego. Y prostitución. Y cualquier otra cosa que esté sucediendo aquí. —Vuelvo a mirar afuera, donde una mujer vestida de manera escandalosa se ríe de algo que le dice un hombre de traje—. ¿Por qué nunca había oído que

Dolos fuera un lugar tan popular para las cosas sórdidas? Pensarías que sería tan popular como Las Vegas.

—Lo que pasa en Las Vegas se queda en Las Vegas. Lo que sucede en Dolos nunca sucedió. —Él arquea una ceja.

—Pensé que habían dicho eso sobre Miami.

—Todos en Miami tienen un celular. Esos no funcionan aquí.

—Bueno, mierda. —Me reclino en mi asiento—. ¿Cómo llegaron aquí? El agua no ha subido alrededor de la isla.

—Helicópteros, aviones privados, algunos atracaron sus yates en la isla Pan la semana pasada.

—Dios. —Mis ojos encuentran un rostro familiar afuera, un multimillonario que siempre está en los tabloides. El estilo de vida de los ricos y famosos.

—¿Quieres bajar?

—Realmente no. Quiero nada más dar una vuelta en el carro.

River empieza a conducir. Él señala por la ventana con frecuencia cuando pasamos por lugares como el mercado, las tiendas de ropa y las peluquerías. La totalidad del pueblo ocupa dos cuadras, nada más. Hay una fila de casas adosadas y una fila de bares y burdeles. Eso es todo.

—Es por eso por lo que algunas personas lo llaman el patio de juegos del diablo —dice River—. No es porque entiendan que él realmente reside aquí.

—¿Dónde vive?

—En todas partes. —River encuentra mi mirada mientras conduce y la intensidad de la misma es imposible de ignorar—. Si crees en las historias, lo que yo hago, él fue desterrado del cielo y exiliado a la tierra, ¿no es eso perfecto? ¿Dónde mejor que exista alguien con una moral cuestionable que un lugar donde todos buscan algo que les dé un propósito, sin darse cuenta de que su propósito fue plantado dentro de ellos todo el tiempo?

Pienso en eso mucho después de que regresamos a la mansión. Mucho después volvemos a hacer el amor antes de quedarnos dormidos. Siempre había dejado a un lado los pensamientos sobre el diablo y la maldición sin saber realmente por qué estoy tan completamente en contra de que todo eso fuera real, pero ahora lo entiendo. Traté de ignorarlo y hablar en contra porque me incomodaba, pero la incomodidad a menudo conduce a cambios y estoy abierta a eso.

CAPÍTULO VEINTISÉIS

Meto un dedo en el candelabro y salgo del dormitorio, con cuidado de cerrar la puerta silenciosamente detrás de mí. No puedo dormir y River, que casi no parece, él está profundamente dormido esta noche. La luz de las velas crea una sombra en las paredes mientras bajo las escaleras, sosteniendo con cuidado la falda de la bata de seda que uso para no tropezar. Cuando llego al vestíbulo, casi espero ver a uno de los miembros del personal quitando el polvo y limpiando, como siempre parece ser, pero está oscuro, desolado, solo me acompaña el sonido de mi respiración audible. No estoy segura de lo que estoy haciendo aquí sola, pero algo me ha llamado a levantarme de la cama y venir. Entro al estudio y me paro en el centro de la habitación, con los ojos fijos en el vitral frente a mí.

—La casa es realmente hermosa una vez. —La voz viene desde la puerta. Jadeo y me doy la vuelta. Mayra está parada allí. Ella entra, dejando la puerta abierta detrás de ella. Todavía viste el mismo atuendo que siempre usa, negro de la cabeza a los pies, con la falda larga arrastrándose. ¿Podría ser que duerma con ella?

—No podía dormir —le digo.

—La ironía de que estés vestida de blanco esta noche. —Mayra sonríe cuando pasa junto a mí y mira los estantes. Me siento sonrojarme. ¿Se refiere a mí teniendo sexo con River? Ella continúa hablando antes de que pueda decir una palabra—. Nunca duermo. Es una vergüenza. Esta biblioteca solía ser una fuente de entretenimiento.

—¿De verdad?

—De verdad. —Ella deja de caminar y se gira hacia mí—. ¿Qué te despertó?

—No sé. Supongo que mi mente no dejaba de correr.

—Estás tratando de encontrar una manera de romper la maldición.

—¿Cómo lo sabes? —Mi mano se aprieta sobre el candelabro.

—River no es el único en deuda con el diablo. —Su boca se mueve en una pequeña sonrisa—. Puedo ayudarte a romperla.

—¿Por qué debería confiar en ti?

—No tienes que hacerlo, pero si quieres ayudar a River, esta puede ser tu única esperanza. —Ella se acerca—. Además, yo también quiero mi libertad. Todos lo hacemos.

—¿Que tengo que hacer?

—Habla con él. Escúchalo.

—¿Con quién?

—Sabes quién. —Sus ojos parecen brillar en la oscuridad, casi como el fuego en mi mano.

—¿Cómo le hablaría? ¿Donde? ¿Cuándo?

—Te llevaré con él si quieres. —Ella comienza a caminar hacia la puerta y mira por encima del hombro—. ¿Vienes?

Y la sigo. A pesar de la vela encendida en mi mano, mi cuerpo se enfría mientras caminamos por los pasillos. Ella me lleva afuera y estoy segura de que me llevará a la silla del diablo, pero no es al adoquín ni al camino de entrada. Simplemente camina por el patio, pasa el árbol y continúa. Miro por encima del hombro y me sorprende ver la casa mucho más lejos de lo que pensaba. Miro hacia las ventanas del ático, el lugar que River siente que es realmente suyo. Todo está oscuro. Solo queda la mitad de la vela para arder cuando la miro de nuevo. Puedo escuchar el océano desde aquí. Puedo oler el agua, la arena mojada.

—¿Cuánto tiempo más? —pregunto.

—Poco. —Ella me mira—. No me veo así para todo el mundo, ¿sabes?

—¿Cómo qué?

—La forma en que me ves.

—No entiendo lo que quieres decir.—

—Me encuentras vieja y demacrada, ¿no?

—No. No puedo imaginar que seas mucho mayor que yo.

—Hm. —Ella suelta una carcajada—. Debes estar celosa de mí.

Ella mete la mano en los bolsillos de su vestido y saca una caja de cigarrillos, me los ofrece antes de sacar uno y encenderlo cuando niego con la cabeza.

—No estoy celosa de ti.

—River solía fumar. —Ella inclina la cabeza hacia atrás y exhala el humo en su boca—. Se veía tan sexy mientras lo hacía. Tan sexy.

Trago, odiando que ella tenga razón y los celos se extienden a través de mí. Él dijo que no eran amantes, y pienso que eso tiene que ser cierto ahora, pero eso no significa que nunca hubieran estado juntos. Eso no significa que ella no lo siga deseando. Eso no significa que ella no lo tendría después de que me fuera, y ese es el pensamiento que más me duele. Mis días aquí están contados y sé que si no me voy cuando se supone que debía irme, mi madre no sobreviviría sin las hojas.

—No me gusta el humo del cigarrillo y soy alérgica.

—Qué pena. —Ella sigue fumando—. Ya que esto es un quid pro quo, algo así como hablar, te contaré un secreto, me ves joven. Los hombres, los que están especialmente cansados de sus esposas, me ven igual, tal vez más joven, probablemente más atractiva. ¿Hombres como River? Me ven por lo que soy. Una mujer amargada de cien años que quiere su libertad.

—¿Cien? —Dejo de caminar. Ella también lo hace.

—Ciento dos. —Ella gira la cabeza hacia mí con una sonrisa que no llega a sus ojos.

—Eso es imposible.

—¿Lo es? —Ella suelta una carcajada y tiene un ataque de tos antes de tirar el cigarrillo a un lado. Ella se da la vuelta y sigue caminando—. Estuve aquí cuando esta tierra y aquella todavía estaban conectadas.

—¿Cómo? —Camino más rápido para alcanzarla—. ¿Cómo?

—Pedí demasiado. Él tiene un sentido del humor bastante retorcido.

—¿Qué pediste?

—El hombre que amaba me amara también.

Frunzo el ceño.

—Eso no parece demasiado.

—Él estaba casado con mi hermana. La única forma en que podía tenerlo era si ella ya no estaba aquí. —Mayra encuentra mi mirada—. Es una larga historia, una de la que lamento cada momento de vigilia. Hay millones de hombres en el mundo. Millones. Podría haber dejado esta isla. Podría haber conocido a otro.

Ella exhala un profundo suspiro, sacudiendo la cabeza.

—¿Entonces qué pasó?

—Mi hermana me maldijo en esta isla, en la de Caliban.

—¿Eres una Caliban?

Mayra ríe. Ella deja de caminar y me mira. La vela tiembla con fuerza en mi mano mientras la toma en ese momento. Ella se ve diferente, su piel más oscura, las cuencas alrededor de sus ojos aún más huecas, pero más aterradora que cualquier otra cosa, ella se parece a mi abuela. Trago, dando un paso atrás, luego otro. Podría ser una coincidencia. Muchas mujeres en Pan y las islas circundantes se parecen a mi abuela. Todos somos caribeños, después de todo. Algo en la expresión de Mayra, sin embargo, me ruega que la reconozca.

—Me ves —dice—. Por fin.

—No entiendo. —Mi voz tiembla cuando la vela se derrama de mi mano y cae sobre la hierba.

—Estúpida. —Mayra arroja algo sobre la vela rápidamente, polvo, arena, lo que sea, se asegura de que el fuego se apague—. ¿Estás tratando de quemarnos a todos hasta la muerte?

—¿Eres una Guzmán?

—Lo soy. Lo era. Dejé ese nombre hace mucho tiempo, al igual que mi hermana me dejó a mí.

—¿Quién es tu hermana? —Apenas puedo sacar la pregunta, mi voz es un susurro contra las olas rompiendo.

—María Guzmán.

Me llevo las manos a la boca, ahuecándola como para evitar gritar, pero no hay ningún grito alojado en mi garganta, no hay nada más que conmoción, y la conmoción rara vez contiene un sonido. Me quedo mirando a Mayra. Mayra Guzmán, una mujer de la que nunca había oído hablar. Busco en lo profundo de mis recuerdos ese nombre y me quedo en blanco. Busco fotografías antiguas, cualquier cosa que pueda haber visto y pasado por alto, pero no hay nada.

—Te abracé cuando eras un bebé. No lo recuerdas. Te vi mientras caminabas a casa por la noche. No lo recuerdas.

—Los ojos amarillos —susurro.

Ella aprieta los labios y asiente.

—¿Por qué me miraste? ¿Por qué visitaste después de haber sido desterrada? ¿Cómo?

—Carnaval. Es la única época del año en la que podemos deambular como nos plazca. —Ella sonríe con tristeza—. Los hombres, como River, pueden viajar y vagar por el mundo como les plazca hasta que llegue el momento, como tú lo llamas, el Diablo, de cobrar. Las mujeres no tienen tanta suerte. Después de todo, él es un hombre.

Ella frunce los labios.

—Durante el carnaval, visito a mi hermana, aunque dejé de dejar que me viera hace años.

—¿No la odias por lo que ella hizo? —Me siento fruncir el ceño. Sé que yo lo haría y con todo lo que he oído sobre ella mientras estoy aquí, definitivamente estoy cuestionando lo que pensé que sabía.

—Lo hice al principio. Cuando la isla se rompió. Cuando fuimos desterrados físicamente. Aprendí a perdonarla. Era eso o ceder por completo a su voluntad y no perdería más de mí por él.

—¿Por qué están involucrados los Caliban?

—Nicolas era el mejor amigo de Wilfred el primero y contaba con Wilfred para ayudarnos a estar juntos. Por supuesto, sin que lo supiéramos, María ya estaba embarazada de tu padre.

—Ella lanzó la maldición cuando se enteró —susurro.

—Wilfred estaba llevando a Nicolas a la mansión esa noche. Hizo una maleta y dejó una nota. María debió haberlo sospechado porque apareció antes de que llegaran. Yo no estaba allí, pero ella había puesto trampas, encendido un fuego y ya había comenzado a quemar mis pertenencias, sus pertenencias. Wilfred intentó intervenir, pero empeoró las cosas. Ella se desahogó con él. Le arrojó antorchas a la espalda, el fuego le quemó la ropa. Fue horrible. —La voz de Mayra parece lejana ahora, como si estuviera experimentando todo, pero no hay emoción en su voz mientras relata lo sucedido—. Cuando llegué allí, Nicolas se había ido. Hasta el día de hoy, no sé cómo ni por qué.

—Quizás él quería que ella se calmara. Tal vez él la amaba. —Aunque no recuerdo a mi abuelo, había visto fotos de ellos juntos y parecían felices.

—Él despreciaba a María. Sólo estaban casados porque nuestro padre y el suyo habían llegado a un acuerdo. El matrimonio todavía era una transacción comercial en ese entonces.

—Ella lo amaba —le digo—. De lo contrario, no habría maldecido a una amiga ni a su propia hermana.

—Ella estaba celosa de mí. —Mayra se ríe—. No importa. Esa noche, negocié con el diablo y me convirtió en esto. No puedo morir. No puedo dormir. No puedo encontrar la paz. Sólo deambulo. Deambulo y duermo con hombres casados, hombres solitarios. A algunos los envío a sus esposas, cambiados, rotos, buscándome en el bosque la mayoría de las noches. Otros, los terribles, se los doy de comer a él.

—¿Es eso lo que estás haciendo ahora? —Me lamo los labios—. ¿Dándoselos de comer con él?

—Es la única forma. Es la única forma de liberarse de esto.

Asiento, mirando hacia la oscuridad, cerrando los ojos para escuchar las olas. De alguna manera, sospechaba que llegaría a esto. Que estoy demasiado atada a esta tierra para dejarla. No he hecho las paces con eso, pero encontraría la manera de hacerlo antes de conocer al diablo. Es la única forma y, a cambio, mi madre vivirá, River vivirá. Abro los ojos y miro a Mayra. Sus ojos ahora brillan, como si la vela los hubiera quemado. No tengo miedo, en realidad no, pero ver eso me hace temblar.

—¿Él me matará? —pregunto.

—No. Sospecho que hará un trato. Es lo que hace. Es todo lo que sabe hacer.

—¿Por qué yo?

—¿Por qué no? —Hay tristeza en su tono. Extiende la mano y me agarra del brazo, no con fuerza, pero con suficiente agarre como para que yo sepa empezar a caminar a su lado de nuevo—. Eres la cosa más pura que ha pisado aquí en mucho tiempo. Un alma incorrupta es un hallazgo raro.

—¿Qué te pasará? —Me tambaleo, casi tropezando con una roca. Me abrazo con más fuerza para que no me caiga—. ¿Serás libre?

—No sé. No sé cómo es la libertad. Yo nunca lo he sabido. —Suelta mi brazo cuando siento que hemos llegado a un terreno llano y estable. Ella saca otro cigarrillo y lo prende—. ¿Cómo fue la vida lejos de la isla ?

—Fue agradable. —La miro con recelo—. Tal vez tu libertad te haga ganar tiempo fuera de aquí.

—Quizás. —Ella parece sonreír ante eso.

El pánico se apodera de mí cuando el terreno cambia de hierba y rocas húmedas a arena mojada. La arena mojada significa que el agua está mucho más cerca de lo que pensaba originalmente, y con el fin de la semana también significa que subirá pronto. Quizás el plan de Mayra es matarme ella misma. Quizás todo esto es una estratagema para vengarse de mi abuela por lo que haya hecho. Finalmente, deja de caminar y se agacha para recoger algo. Una antorcha, que enciende con un movimiento rápido antes de entregármela. Lo tomo y lo llevo frente a mi cara para distinguir mi entorno.

Estamos paradas frente a una enorme roca negra. Una cueva, me doy cuenta, al ver una abertura. Mayra se acerca. La sigo, caminando lentamente detrás de ella. Alza la mano y se suelta el cabello, que se desenreda rápidamente a medida que desciende, cubriendo su atuendo ya negro con más negro. A diferencia de los rizos apretados de mi abuela, Mayra tiene el cabello largo y liso. El cabello de La Ciguapa. Pensar en eso me hace temblar. Ella camina dentro de la cueva. Me quedo inactiva por un momento, volviendo a mirar por encima del hombro, hacia la mansión, que está a tal distancia que apenas puedo distinguirla. Y luego, respirando hondo y rezando una breve oración, orándole al Dios en el que mi abuela siempre esperó que creyera, entro.

CAPÍTULO VEINTISIETE

Él ha dormido. Un sueño profundo que parece no tener fin, pero algo lo despierta. Penelope. Penelope entrando en la Boca del Diablo. River se sienta en la cama con un grito ahogado, su pecho palpitante. Mayra. Él se levanta de la cama, luchando contra las sábanas que le atan los pies, rogándole que se quede. Él mete las piernas en el primer par de pantalones que encuentra, agarra una camiseta y se la pasa por la cabeza. Él ya está corriendo hacia la puerta cuando sus ojos se encuentran con un par de tenis deportivos y las agarra también, subiendo las escaleras de dos en dos.

—¿Qué ocurre? —la voz viene de su padre.

—Penelope está en la boca del diablo. —Él se pone los tenis y se dirige a la parte trasera de la casa.

—Si ella ya está allí, no hay nada que puedas hacer —grita su padre.

—Déjalo ser, Will. —Esa es la voz tranquilizadora de Sarah.

—Tengo que intentarlo —grita River mientras sale de la casa.

Él tiene que intentarlo.

Es todo lo que puede decir. Todo lo que puede hacer. Su padre no se equivoca. Si Penelope ya está allí, River no tiene ninguna posibilidad. No le queda nada más que negociar. Su alma no es suya. No ha sido desde que tiene diez años y, aunque anhela liberarse de las cadenas invisibles que lo mantienen atado a esta casa, a él, también sabe lo que haría falta. Un corazón puro. Un alma sana. *Ella.* River no puede aguantar esto. Él ha cumplido con todo lo que se le pide la mayor parte del tiempo, pero esto no puede soportarlo. Ella no está destinada a estar atada. Es ese pensamiento el que lo hace correr más rápido por la hierba en la parte trasera de su casa. La hierba no crece mucho aquí, aunque nadie sabe realmente por qué. A River siempre le habían dicho que la isla no permitía una nueva vida, y eso se extiende hasta la hierba misma. La tierra usa todos sus recursos para reponer el árbol de la vida cada año y una vez que la vida se desvanece y las hojas se secan, toda su energía regresa al mar y a sus olas furiosas. Cuando él llega a la arena, él se sorprende al sentirla mojada bajo sus pies. Se supone que eso no va a suceder hasta mañana por la noche. Eso le hace correr más fuerte.

Él ya está casi en la cueva cuando choca con una pared. Su cuerpo se dispara en el aire y es arrojado contra la arena. River tarda un momento en recuperarse del impacto. Una figura camina hacia él cuando vuelve en sí, parpadeando lentamente mientras los puntos blancos y negros nublan su visión. Él se pone de pie tembloroso, tratando de encontrar el equilibrio para seguir adelante. Incluso a través de la visión borrosa, River sabe que es él, el mismo Diablo. Aunque no le gusta el nombre de Diablo, él nunca se había dado un nombre, y la falta de interés de River por lo oculto lo dejó solo con esa palabra para llamarlo.

—Llegas muy tarde.

—No. —River da un paso adelante una vez más, con el pecho lleno de pavor, de dolor—. Por favor.

—Has declarado tu trato una vez, muchacho. Te trajeron de regreso. ¿No fue suficiente?

—No.

Él sacude la cabeza, mirando más allá de la figura, hacia las cuevas. Él no puede distinguir nada.

—Por favor —dice de nuevo—. Te daré cualquier cosa.

—No te queda nada para dar. —Él se ríe entre dientes profunda y maliciosamente, un sonido que siempre ha hecho que River quiera correr hacia las colinas.

—Haré un intercambio. Haré lo que me pidas, no importa lo que me pidas. Pero déjala libre.

—De nuevo, eso no es algo que me interese. Tengo a otros haciendo mis órdenes. ¿Crees que eres el único? —La figura se balancea como humo, como aire, como fuego.

—Tiene que haber algo. —River contiene la respiración. Tiene que *haber* algo.

—Tal vez lo haya —él dice después de un largo momento—. Tal vez lo haya.

CAPÍTULO VEINTIOCHO

PENELOPE

Todo va dirigido a esto, ¿no es así? la isla da y quita. No la isla. Siempre pensé que era la isla la que decidía eso, como si fuera una especie de dios. Hemos construido vidas y lo adoramos como paganos, ¿y para qué? Para morir de todos modos, al final. Usamos la felicidad como moneda de cambio, pero nunca ganamos. ¿Cómo se puede vencer al diablo? Parece imposible. Pienso en River y mi labio comienza a temblar. Ni siquiera he tenido la oportunidad de despedirme. No he tenido la oportunidad de besarlo de nuevo, de ser abrazada por él.

Siento como si mi pecho fuera a explotar, como si pudiera sangrar desde dentro. El dolor causado por los fragmentos de conchas marinas rotas debajo de mis pies descalzos son una distracción bienvenida. Mayra me agarra de la mano y tira de mí para que camine más rápido. No me sorprende que no se queje de eso. Ella está acostumbrada a andar descalza, acostumbrada a recibir el dolor de una forma que yo no lo estoy. Después de todo, me habían protegido durante años. Protegido del dolor y la angustia que me habrían proporcionado mis recuerdos. Protegido del dolor que conlleva el enamoramiento, porque no hay enamoramiento sin dejar ir. No tiene sentido negarlo u ocultarlo ahora. Me he enamorado de River Caliban. Tal vez fui tan estúpida como mi padre dijo una vez que era. Quizás estoy tan loca como le decían a mi abuela. Sin embargo, no importa. Ninguna cantidad de advertencias me habría mantenido alejada de él y ninguna cantidad de paredes podrían haberse quedado entre nosotros. Es una imposibilidad en una serie de ellos desde el principio. Ambos lo sabemos. Mayra deja de caminar. Me detengo con ella, doblándome para llorar por el dolor, en mi pecho, en las almohadillas de mis pies, y la miro, limpiando el cabello mojado de mi rostro igualmente húmedo. Está tan oscuro, la niebla tan densa, el viento se ha vuelto más fuerte y la lluvia cae con fuerza ahora. Apenas puedo verla.

—Él sabe. —Ella mira hacia el cielo oscuro sobre nosotros.

—¿Quién sabe qué?

Ella comienza a caminar de nuevo y se detiene de nuevo a pocos metros de distancia, donde un bote se balancea en el agua del océano, atado a un trozo de madera enterrado en la arena.

—¿Vamos en bote? —Doy un paso atrás, mordiéndome el labio para evitar gritar de dolor.

—¿De qué otra manera sugerirías que vayamos de una isla a otra con la marea subiendo tan rápido y la lluvia sin parar?

—No lo sugeriría. —Miro alrededor—. Tiene que haber otra manera.

—No hay otra manera. —Mayra está desatando la cuerda ahora y sosteniéndola en su mano para asegurarse de que no irá a ninguna parte, como alguien sostiene un caballo en su lugar. Miro hacia la mansión y veo luces parpadeando. Mi corazón se hace más pesado. River está despierto. Siento esa verdad en mis huesos. Él está despierto y buscándome. ¿Vendría aquí y me buscaría? ¿Sabe lo que he hecho?

—Tienes que irte —dice Mayra, interrumpiendo mis pensamientos—. Tenemos que irnos ahora.

Me muerdo el labio y asiento a pesar de que no estoy de acuerdo. Sé que tengo que hacerlo. Sé que no hay otra forma. Mientras yo camino hacia el bote, juro que siento unas manos ayudándome a subir. Mayra me entrega un remo. Lo sostengo con fuerza en mis puños. Llega una ola y nos sacude. Suelto el remo y sujeto los costados del bote. Vamos a morir aquí, pero si no lo hacíamos, si conseguimos llegar al otro lado, podría salvar a mi madre. Podría salvarla y romper la maldición y, aunque no creo en las maldiciones, creo en River y si mi partida significa que él estará a salvo, que así sea.

—Voy a remar. Guarda tu fuerza, la vas a necesitar.

Asiento, sosteniendo el remo en mi regazo de nuevo. Mientras ella rema, Mayra ora. Nunca he escuchado a una bruja rezar antes, así que me inclino y cierro los ojos para escuchar. *Padre nuestro que estás en los cielos…* Mis ojos se abren de golpe, sólo para encontrar los de ella cerrados mientras rema, sus brazos moviéndose a un ritmo constante contra la fuerte corriente. Ella dice la oración de nuevo, en un bucle sin fin, como lo hacía mi abuela cuando rezaba el rosario. Otra ola nos golpea y mi pánico instantáneo se convierte en sollozos. ¿Qué pasa si no llego al otro lado? Nunca le había tenido miedo a la muerte, pero no quiero ahogarme. Cierro los ojos con fuerza, respirando a través de otra ola que hace que el barco se tambalee, y cuando mis ojos se cierran, me uno a Mayra en oración. Decimos dos Padrenuestro más antes de que ella se detenga. Abro los ojos y la miro.

—Ya casi llegamos —grita sobre el agua—. Tendrás que empezar a remar ahora. Prométeme que no te detendrás.

—¿Por qué voy a parar? —grito de vuelta.

—Prométemelo. —Ella sostiene mis ojos con una mirada seria, una de la que no puedo apartar la mirada.

Asiento.

—No dejaré de remar.

La ola que viene a continuación hace que el barco vuele por los aires. Me agarro a los lados y aprieto los ojos con un grito mientras mi estómago se hunde, como si estuviera en una caída libre, una montaña rusa sin punto final. Cuando el barco se estrella, abro los ojos y agarro mi remo rápidamente para asegurarme de que no se cae por la borda. Cuando miro a Mayra, ella ya no está allí. Su remo está, pero no se ve ninguna señal de ella.

—¿Mayra? —Me giro y miro detrás de mí—. ¡Mayra!

Ella se fue. Ha desaparecido. Miro a mi alrededor con ansiedad, gritando su nombre, gritándolo tan fuerte como puedo ¿Se la ha llevado la ola? ¿Tiene la maldición?

—Vete a la mierda, Satanás —grito mientras comienzo a temblar—. Vete a la mierda.

Comienzo por llorar fuerte mientras remo. El agua se siente tan pesada debajo de mí, demasiado fuerte para moverme, pero tengo que hacerlo. Le había prometido a Mayra que seguiría remando y lo haré.

Pienso en River, en mi madre y en todos los que dependen de que vuelva a Pan, y remo más fuerte.

Me empiezan a arder los brazos, me duelen los hombros, pero sigo adelante.

Las olas amainan.

La niebla se levanta muy ligeramente.

El bote choca con algo que me hace retroceder y caer sobre el asiento en el que se supone que debía estar Mayra. Cuando miro hacia arriba, me doy cuenta de que he chocado con la arena. Las palmeras se alinean en el perímetro detrás de mí y sé que estoy de vuelta en Pan. O eso o había llegado hasta República Dominicana, pero no importa. Yo estoy en alguna parte. Salgo del bote, me duelen los brazos y me duelen los pies. La bata que llevo está empapada y me pesa, pero barro la parte de abajo y la escurro con la poca energía que me queda. Camino uno, dos, tal vez tres pasos enteros sobre la arena caliente antes de que mis rodillas cedan y me desmaye.

<div align="center">~~~</div>

Cuando recobro la conciencia, estoy sentada en la silla del diablo. Parpadeo, mis ojos se ajustan a la luz que el sol proporciona detrás de las nubes.

—¿Harás tu deseo ahora? —pregunta la voz—. ¿A quién elegirás? ¿Tu novio o tu madre? ¿O que estés de vuelta en Pan significa que has tomado esa decisión?

Hay una oscura diversión en su voz y odio haberla asociado con la de River.

Mis hombros comienzan a temblar mientras me siento allí, sin decir ninguna palabra, con cuidado de no pensar en nada. Mantengo mi mente en blanco, para no hacerlo correr con ninguna idea y conceder algo que no deseo que se me conceda.

—¿Qué quieres? —pregunto, en un lamento—. ¿Qué quieres?

—Pide un deseo.

Cierro los ojos y luego lo hago.

<div align="center">~~~</div>

No recuerdo haber caminado a casa o llegar allí. Solo sé que, con cada paso, mi corazón se hace más pesado. Pienso en River cuando me detengo frente a mi puerta. Si entro, ¿lo olvidaré? ¿No es eso lo que debería haber querido? Él me había atormentado, prácticamente me había engañado para que me quedara con él, y justo cuando pensé que no me quedaba nada más para dar, él se llevó mi corazón. Eso suena como alguien que vale la pena olvidar. Siento un pinchazo dentro de mis costillas, un pinchazo, un recordatorio. Me río a carcajadas, temblando de

213

hombros. Caigo de rodillas y comienzo a llorar de nuevo. Maldito River.

Se abre la puerta de la casa. A través de los ojos húmedos, puedo ver a mi abuela de pie junto a la puerta con un vestido de flores de mumu y rulos cubriendo su cabeza.

—Lo hiciste. —Ella corre hacia mí, tomando las hojas de mis manos y levantándome del suelo.

En el interior, se pone manos a la obra, preparándole el té a Mami. Observo aturdida. Ni siquiera ella me ha vuelto a mirar. Ni siquiera le ha importado lo que he dado para conseguir estas malditas hojas. Me doy cuenta de que ella siempre había sido así. Ella se preocupa por sí misma y seguro que se ha preocupado por su familia, pero ¿a qué precio?

—Es tu culpa que la maldición exista. —Me trago la rabia.

Ella deja de triturar hojas y me mira.

—Conociste a Mayra.

—¿Cómo pudiste hacerle eso a tu propia hermana?

—¿Ella te dijo lo que hizo? Ella deseaba mi muerte.

—Y luego el diablo se dio la vuelta y te lo contó, así que deseaste algo peor —le digo—. Siempre me dijiste que me mantuviera alejada de allí. Que estuviera alejada de ellos, de la silla, y mientras tú eras la causa de todo este dolor.

Ella aparta la mirada, mira las hojas y continúa machacando. Ella guarda silencio mientras las recoge y las pone en la olla de agua hirviendo. Tranquila mientras lo prepara en una taza. En silencio, sale de la cocina y se dirige a la habitación de mi madre. Lloro de nuevo mientras me siento allí. Me siento como una persona diferente en esta casa. Es curioso lo que le hace el conocimiento a alguien. Qué trae el perdón. Vine aquí buscando esas dos cosas de mi abuela, mi madre. No sabía que no lo encontraría aquí. No sabía que lo encontraría en el único lugar al que nunca debería haber ido a buscar, pero lo hice.

Descubrí especialmente que el perdón que buscaba tan desesperadamente tenía que provenir de mí misma, no de nadie más.

CAPÍTULO VEINTINUEVE

—Si ella se hubiera quedado el tiempo suficiente, podría haber levantado esta maldición. Ella podría haber curado esta casa. Lo sentí, sentí su presencia iluminando el camino —dice Sarah.

—Ella eligió salvar a su madre. No podemos culparla por eso.

—¿Una madre que no le hizo ningún bien? —Sarah niega con la cabeza—. ¿Una madre que la rechazó y le dio la espalda?

River mira a Sarah.

—Sigue siendo su madre, a pesar de todo.

—Tu padre no sobrevivirá a la noche —ella responde—. No te ves tan bien tú mismo.

—Lo sé. —Él lo sabe.

Sabe que se irá pronto. Sabe cómo funciona esto. Su padre morirá, la madre de Penelope vivirá. River morirá y Penelope vivirá. Después de todo, ese era el trato que él había hecho. Dos almas por el precio de una. Él había negociado la de Gia Guzmán, pero el diablo no quería almas miserables, sino las puras, y aunque River había hecho su parte de las cosas malas en su día, él había hecho la mitad de ellas en nombre del diablo y pagó penitencia por la otra mitad.

Técnicamente, él es un santo.

Él se ríe de eso.

CAPÍTULO TREINTA

La casa se estremece vigorosamente. Él no ha dormido en dos noches, pero incluso él sabe que no está inventando lo que siente. Hace clic con el mouse y apaga la computadora. Incluso cuando hace clic en el botón, la ironía no pasa desapercibida para él. Lo más probable es que no sobreviva a lo que viene después. Lo sabe porque lo pidió y sintió que el Diablo sonreía ante la solicitud. Bastardo enfermo. River sabe que él no lo necesita. Su espalda está cubierta de ronchas y cicatrices. Se está quedando sin espacio y al diablo le gustan los lienzos en blanco. Así que sí, está bastante seguro de que morirá. La casa vuelve a temblar, esta vez más fuerte. Él sale corriendo del estudio y encuentra a su padre de pie en el vestíbulo.

—Envié a Sarah lejos. Deberías irte.

—¿Por qué no fuiste con ella? —River le lanza una mirada de desconcierto—. ¿Por qué sigues aquí?

—Voy a morir aquí. —Su padre sonríe. No es feliz ni triste. Es la sonrisa de un hombre que ha hecho las paces con su destino—. Deberías irte.

—No voy a dejarte solo.

La casa vuelve a temblar, y esta vez, el candelabro enganchado al techo de diez metros en el centro del vestíbulo se derrumba, los cristales salpican por todas partes. River rodea con un brazo a su padre para protegerlo de los cristales que rebotan en su dirección. Wilfred nunca había sido uno de esos padres que mostraba mucha emoción, rara vez abrazaba a River o lo besaba.

A menudo se limitaba a apretar su hombro y sonreír, y la mayoría de las veces eso era suficiente. Sarah había sido todo lo contrario. Aunque no es su madre, ella había sido muy maternal con él, siempre allí para besarlo y abrazarlo cuando llegaba a casa, siempre allí para animarlo y sonreír cuando lo necesitaba. Ahora él sonríe, pensando en su seguridad, en su libertad, finalmente.

River toma la mano de su padre y lo acompaña a la parte trasera de la casa, hacia el Árbol de la Vida. Es una posibilidad remota, pero *tal vez*. Todo es posible. Su padre camina más lento de lo habitual, pero River sigue adelante, apretándole la mano con más fuerza y caminando con más fuerza contra las ráfagas de viento. Esto no es normal. El día previo a que el agua volviera a subir siempre es agradable, el último día agradable que tienen hasta que la oscuridad vuelve a asentarse. Nunca es esto. Nunca ha sido así. River se pregunta si su estado de ánimo tiene algo que ver con eso. Si el hecho de que está de luto por su pérdida está causando todo esto, la pérdida de la mujer que ama. La pérdida de lo que podría haber sido si no hubiera estado atado a un ser tan despreciable. Él echa un vistazo a la puerta del garaje. Si pudieran llegar allí y correr hacia el helipuerto, él podría sacarlos de aquí. Pero aún necesita las hojas. El suelo debajo de ellos tiembla de nuevo, esta vez formando claras líneas de falla a su alrededor.

—Suéltame —dice su padre, tratando de apartar la mano de la suya—. Tienes que soltarme.

—No puedo. —River siente que se le oprime el pecho mientras mira a su padre, que parece estar envejeciendo ante sus ojos.

—Tienes que soltarme ahora, River. No puedes salvarnos a todos.

—No puedo salvar a nadie. —Él parpadea con fuerza contra las ráfagas, tratando de mantener los ojos fijos en los de su padre.

—Puedes salvarte a ti mismo.

—Si me salvo, ella muere. Sabes cómo funciona esto.

Mi padre asiente lentamente, sus ojos se ponen tristes. Por eso envió a Sarah lejos sabiendo que ella sobreviviría mientras él no lo haría. Por eso fue tan contundente en su decisión. Quedarse, morir, ceder ante lo inevitable, es la única forma de salvar a la mujer que ama. Y así, River no suelta la mano de su padre, incluso cuando llegan al árbol de la vida. Incluso mientras se sientan debajo y miran hacia el vacío. Escucha las olas acercándose, pero no están tranquilas y dóciles como siempre lo son en esta época del año. Están cargadas, listas para la guerra, listas para causar destrucción. Wilfred apoya la cabeza en el hombro de su hijo y cierra los ojos, dejando escapar un suave suspiro. River apoya la cabeza sobre la de su padre y agarra un trozo de tierra debajo de él, tocando las hojas que han caído del árbol, y cierra los ojos mientras observa el colapso de la mansión y espera la perdición. Él podría jurar que escucha la risa del diablo incluso ahora.

CAPÍTULO TREINTA Y UNO

—¿Escuchaste? —pregunta Dee. Ella suena sin aliento cuando contesto el teléfono.

—¿Escuchar qué?

Miro la hora. Siento que he dormido tres días, pero en realidad lo ha sido…

—Mierda. Creo que dormí veinticuatro horas seguidas.

—Olvida eso. Dolos se ha ido.

Me levanto de la cama como disparada por un resorte.

—¿Qué?

—Se fue. La niebla se ha ido. Y la isla ha… desaparecido.

Mi corazón salta fuera de mi pecho.

—No, no, no, no, no. Tengo que devolverte la llamada. —Cuelgo y corro al baño.

Cuando termino de vestirme, salgo corriendo de mi habitación y voy a la cocina. Wela está allí, distribuyendo hojas y colocándolas en diferentes recipientes metálicos.

—Tu madre está despierta. —Ella me mira con una sonrisa.

—La isla Dolos se ha ido. —Me siento sin aliento.

—Eso he escuchado.

—¿Cómo? ¿Por qué?

—Yo… —Ella deja lo que está haciendo y se vuelve hacia mí—. No lo sé. ¿Importa? La oscuridad se ha levantado de una vez por todas.

La miro durante un largo rato, luego niego con la cabeza y salgo corriendo por la puerta, me subo a mi Vespa y acelero lo más fuerte que puedo. Llego hasta el bar de Dolly antes de tener que dejar de conducir porque hay demasiada gente en la calle para esquivarla. Cámaras de noticias, reporteros, turistas, lugareños, gente de todas partes. Todo el mundo habla de la isla Dolos y de lo que pudo haber pasado. Corro hacia el bar de Dolly, dirigiéndome directamente hacia ella detrás de la barra.

—¿Dónde está River?

—¿Cómo puedo saberlo? —Da un paso atrás y me mira de arriba abajo.

—¿Él ha llamado? ¿Dijo algo sobre su apartamento? Él ha…

Ella levanta una mano para callarme y busca un sobre detrás de ella. Me lo entrega y ve como lo abro. Dentro hay una llave. La miro.

—¿Qué es esto?

—De River —ella dice, sonriendo. Por una fracción de segundo, siento alegría, pero luego agrega—: Él dijo que quería que te lo quedaras.

Trago, incapaz de luchar contra las lágrimas que brotan de mis ojos. Parpadeo rápidamente y paso junto a ella, hacia las escaleras en la parte de atrás, pisando fuerte hasta que llego al tercer piso y luego al apartamento. Abro la puerta usando la llave, cerrándola detrás de mí. Está vacío y es entonces cuando comienzo a llorar. Los muebles siguen allí, pero no hay ningún sonido, ningún movimiento y… Corro al dormitorio… está vacío. ¿Por qué me dejaría su apartamento? ¿Por qué me lo dejaría? Camino alrededor de el. Me acerco a la ventana y miro hacia el mar de gente. El mar ha vuelto, las olas han entrado bien por las puertas de hierro, inundando los edificios que están cerca de él. Incluso la silla del Diablo parece haberse ido. Mi corazón se aprieta aún más.

No hay mansión, ni la isla de Dolos más allá de las puertas.

Sólo agua.

Es imposible.

Lloro más fuerte cuando la palabra me viene a la mente, y luego, me subo a la cama y cierro los ojos para aferrarme a su olor mientras me deshago en lágrimas.

~~~

El movimiento me despierta. Jadeo cuando lo veo. Lo rodeo con mis brazos cuando se acerca. Entierro mi cara en su cuello y lo inhalo, apretando más fuerte.

—Ni siquiera pude despedirme. No me despedí. —Me duele cuando digo las palabras, la emoción me atasca la garganta hasta el punto del dolor.

—Está bien —susurra contra mi cabello, abrazándome con fuerza.

—¿Es esto un sueño? —Me aparto.

Su sonrisa es triste. Su asentimiento es breve. Cierro los ojos y dejo que las lágrimas caigan en cascada por mis mejillas. Sus dedos las secan y abro los ojos para encontrarme con su mirada.

—Sólo me he ido físicamente, brujita. —En su boca se dibuja una sonrisa—. Todavía me llevarás dentro de ti, muy dentro de tus huesos.

—Te quiero aquí. —Niego con la cabeza, las lágrimas se derraman continuamente—. En frente de mí. De verdad.

Él sigue sonriendo.
~~~

—Un día, cuando estés sola y tengas miedo, te pincharé desde dentro y me sentirás ahí, y entonces ya no te sentirás tan sola, tan asustada.

—No quiero eso. Te quiero aquí. —Lloro más fuerte. Me tiemblan los hombros. Las lágrimas caen, los mocos se aflojan. No me importa. Me limpio la cara con el dorso de la mano—. Te quiero aquí conmigo.

—Me tendrás aquí. —Él besa la punta de mi nariz, mi mejilla, mis labios.

Le devuelvo el beso con más fuerza, más frenéticamente, y lo desnudo mientras él hace lo mismo conmigo. Bajo por su cuerpo, arrastrando mis labios por cada cima y cada plano. Él agarra mi cabello cuando me arrodillo entre sus piernas. Lo miro, deleitándome con esa mirada oscura. El peso de su lujuria me impulsa a la acción, atrayéndolo hacia mi boca y chupando, lamiendo, moviéndose hasta que gime y me agarra con más fuerza. Me aparta de él y me levanta con la misma mano que está animando el juego previo, y choca su boca contra la mía, desatando su lengua en mi boca. Su otra mano encuentra mis pechos, mis pezones, mi clítoris, y frota mientras me folla con la boca, sus dedos en mi cabello agarrándome hasta el punto del dolor mientras yo grito, empapando sus dedos. Suelta mi cabello para sujetarme por la cintura y tirar de mí encima de él. Comienza duro: él se estrella contra mí con fuerza, castigándome, pero luego me gira de modo que mi espalda está plana sobre el colchón y se cierne sobre mí, mirándome a los ojos y deslizándose dentro y fuera de mí con gran lentitud, como si memorizara cada segundo del momento, sin querer dejarlo ir. Recuerdo que es un sueño, y que tal vez, posiblemente, River también lo está experimentando. Me llevo una mano a su cara mientras sigue moviéndose dentro de mí.

—Te amo —le susurro—. Siento mucho que no haya podido salvarte.

Entonces me besa, profundamente, con un ardor y un anhelo que sé que tendré por él mientras viva, y cuando encontramos el éxtasis, él me sonríe.

—Tu amor me sostuvo y compensó toda una vida de soledad —me dice—. Te amaré por la eternidad.

Y luego, se va. Jadeo, sentándome en la cama, sudando, y cuando miro hacia abajo, no estoy usando ropa.

—¿River? —Me levanto de la cama—. ¿River?

Nadie responde.

CAPÍTULO TREINTA Y UNO

UNOS DÍAS DESPUÉS

—Es un milagro —dice el sacerdote—. Gia Guzmán se ha recuperado por completo.

La iglesia vitorea. Aplaudo, pero no estoy realmente allí. Miro por la ventana junto a la que estoy sentada y veo a alguien en el cementerio. Parpadeo. ¿Mayra? Me paro rápidamente y camino hacia la parte de atrás de la iglesia, sin preocuparme de que la gente me mire mientras camino. Todos piensan que estoy loca de todos modos. La mitad de ellos me había dicho que me fuera de la isla. Que yo era una adoradora del diablo. No importa que yo sea la razón por la que todavía están vivos y prosperando. No importa que dependieran de las mismas hojas que traje para eso. Corro hacia donde había visto a Mayra, pero no hay nadie. Miro a mi alrededor, de izquierda a derecha, de derecha a izquierda, y no encuentro a nadie. Con un suspiro, camino de regreso a la iglesia. Mientras camino, miro hacia el camino sin pavimentar bajo mis pies y veo marcas de huellas. Pies descalzos. Todas están hacia un lado. La Ciguapa. Miro hacia arriba en la dirección opuesta a la que vienen y veo a una mujer parada en el borde, donde las lápidas se encuentran con el bosque. Una mujer joven, morena, mucho más joven de lo que Mayra podría ser. Fabiola. Ella me sonríe con una sonrisa brillante y se inclina profundamente. No comienzo a llorar, pero el sollozo se queda en mi pecho, pesado, dificultando mi respiración.

Los buzos han estado rodeando el área donde una vez estuvo Dolos, pero ya no está. Los Caliban, la silla del diablo, la ciudad sórdida y su gente. Todos se fueron. Hice un montón de búsquedas en Google y encontré muy pocos informes. Parece que las noticias de las islas Dolos y Pan solo llegan hasta las islas circundantes e incluso entonces no ocupan las primeras planas. La gente de Puerto Rico, Cuba, Haití, Jamaica y la República Dominicana tienen cosas más importantes de las que preocuparse, como hacerse cargo de las secuelas de sus propios desastres naturales.

—¿Está todo bien? —esa es mi madre.

Me giro y asiento. Ella lleva un vestido negro que le llega justo debajo de la rodilla, tacones a juego y su cabello oscuro recogido en un bonito moño. Me tiende una mano, la tomo y camino de regreso a la iglesia.

—Odio que te vayas —dice.

—No puedo quedarme. Han pasado demasiadas cosas.

—Desearía que hablaras de ellas.

Sonrío, apretando su mano. Ella y todos los demás. No le he dado ningún detalle a Dee, ni a Martin ni a José. Simplemente dije que estaba agradecida de estar en casa. Sonreí y les ofrecí a todos un poco del famoso té de mi abuela cuando vinieron. Yo establecía la intención. Ellos olvidarían dónde habían estado. Olvidarían con quién habían estado. La intención importa. River dijo que la gente tenía que querer ciertas cosas para que el té funcionara, pero no lo veía como yo porque no tenía a Wela como abuela. Ella lo sirvió con la intención ya hecha. Nunca quise olvidar esa noche hace tantos años, pero lo hice. No quería olvidar nada en mi vida, pero lo había hecho, y ahora lo recuerdo todo con claridad. Recuerdo los gritos fuertes de todos en mi casa. Recuerdo la rabia y el dolor que me causaron. Recuerdo lo volátiles que habían sido a puerta cerrada y cómo sonreí durante todo el día porque me vi obligada a olvidarlo.

Me siento durante el resto de la misa con mi madre, porque a pesar de todo, ella es mi madre y la quiero. Cuando va a la casa de su hermana con mi abuela, le doy un beso de despedida, sabiendo que será la última vez que la vea. Cuando estaciono mi Vespa frente a la casa, entro como una mujer en una misión, empacando mi ropa y tirando la maleta afuera, lo suficientemente lejos de la casa, antes de sacar mi bolso y dejarlo al lado de mi Vespa.

Entro a la cocina y tiro todo dentro del gran cubo de basura de hojalata en el piso de la cocina antes de empaparlo con gasolina y prender fuego en su interior. Primero quemo las hojas, observando cómo se marchitan dentro del contenedor, y luego, agarro el contenedor de gasolina y camino por la casa, orando mientras camino.

Para cuando llego a la puerta y prendo el cerillo, ya he hecho las paces con todo. Salgo y me pongo el casco, agarro mi bolso y doy marcha atrás con la Vespa. Observo las llamas por un momento, observo el humo negro mientras toma el control. Mi abuela me maldeciría por esto. Mi madre lo superaría y reconstruiría, pero probablemente también se enojaría conmigo. Estoy bien con ambas cosas porque a pesar de eso, no voy a dejar que la mansión Caliban se derrumbara sola. No cuando la casa que lo causó todavía está en pie.

No en esta vida.

CAPÍTULO TREINTA Y DOS

UN AÑO DESPUÉS

Quien dijo que el tiempo alivia el dolor es un mentiroso. Cada vez que pienso en River, mi corazón se aprieta más con más fuerza que la anterior. Ni siquiera he soñado con él desde que dejé a Pan. Una parte de mí quiere hacer un té con los restos secos de hojas que encontré en el bolsillo de mi chaqueta cuando desempaqué mi ropa, pero yo no podría vivir conmigo misma si lo olvido.

—Es hermoso aquí —dice Dee, suspirando mientras sorbe su bebida.

—Lo es. —Sonrío, mirando hacia el agua.

—¿Qué te hizo elegir Santorini? —pregunta Martin—. ¿Es nuestra boda?

—Por supuesto que es tu boda. —Ruedo los ojos, sonriendo mientras niego con la cabeza—. Porque sabía totalmente que ibas a elegir Santorini para fugarte cuando decidí mudarme aquí.

Dee se ríe.

—Bueno, gracias a Dios por ti. Ha hecho posible esta fuga reservándonos todo. Tal vez tengas un futuro como agente de viajes de fuga o algo así.

—¿Después de lidiar con una novia loca? No, gracias. —Arqueo una ceja.

—Te mereces una medalla. —Martin se ríe—. Las fotos han sido bonitas. ¿Quién diría que hay tantas casas en descomposición en una isla formada antes de Cristo?

—¿Cierto? —Dee se ríe—. Los foros se han vuelto locos con tu charla sobre Atlantis.

—¿Ya lo has encontrado? —pregunta Martin.

—No lo he buscado. —Me río—. Además, han encontrado muchas pruebas de que la Atlantis está perdida en las profundidades, va a ser imposible encontrarla, incluso para mí.

Ni siquiera menciono el hecho de que la mera idea de buscar una ciudad perdida en el mar me parte el corazón. Tal como están las cosas, llorar es lo único que parece hacer cuando estoy sentada en la oficina de mi terapeuta. Lloro, río, lloro un poco más. Es saludable dejarlo salir todo, ella me dijo. Aun así, toda la terapia del mundo no puede curar la soledad que siento.

—¿Has conocido a alguien? —me pregunta Dee—. Un hombre cualquiera.

—Realmente no. —No es una mentira. He conocido a algunos chicos aquí, pero no estoy interesada.

—Algún día llegará. Pronto conocerás a un dios griego dorado y te dejará boquiabierta —dice Martin.

Me río y apuro mi bebida. No estoy lista para conocer a nadie. No digo eso en voz alta porque no quiero tener que dar explicaciones o mentir a mis amigos.

—¿Entonces, qué más hay en tu itinerario mientras estás aquí? —pregunto.

—En realidad, vamos a tratar de encontrar Atlantis —dice Dee—. Lo cual, ahora que dijiste que es en España, supongo que no lo haremos.

—No creo que lo encuentres durante un viaje de esnórquel. —Me río—. Pero estoy segura de que será tan mágico como lo imaginaste.

—Lo será. Deberías unirte a nosotros— dice Martin.

—¿Cuándo?

—En una hora. —Él echa un vistazo a su reloj.

—Oh. —Hago un puchero—. No puedo. Tengo una casa para tomar una foto. Para la empresa inmobiliaria, no para *The Haunt*.

—Qué lástima —dice Dee—. Pero bien por hacer dinero.

—Bien por ganar dinero. —Saco algo de dinero y Martin me detiene.

—Es por nuestra cuenta.

—De ninguna manera. Estás aquí para tu boda y sé que Grecia es espectacular, pero no creas que me estás engañando ni por un segundo al decir que no te casarás aquí por mi culpa. —Les lanzo una mirada fulminante.

—No podríamos casarnos sin ti. No nos hubiéramos conocido si no fuera por ti —dice Dee, levantando una ceja—. Por cierto, también viene José. Él debería llegar más tarde.

—Oh, qué bien. —Sonrío ampliamente y espero poder mantenerlo luciendo genuina.

Amo a José, pero a él no le había dado el té que le había preparado a Dee y Martin. José recordaría todo lo que pasó. Recordaría River Caliban. Recordaría haber visto el tsunami. Su casa había sido inundada por sus restos, después de todo. Les doy un abrazo y un beso de despedida a Dee y Martin, prometiéndoles que los veré mañana en la ceremonia, camino por la calle adoquinada y miro la dirección que tengo en la mano. Para mi sorpresa, la dirección no está muy lejos de la bodega Venetsanos, que es donde acabo de almorzar con Martin y Dee. Aun así, me subo a mi Vespa y conduzco, parpadeando para alejar la arena que golpea mis ojos mientras conduzco. Está bastante aisla do, en lo que respecta a las casas en Santorini. Me detengo frente a la puerta y aprieto el botón para tocar el timbre.

—¿Hola? —Es una voz femenina.

—Hola, soy Penelope Guzmán. Estoy aquí para tomar fotos de la propiedad.

Las puertas se abren frente a mí incluso antes de que termine mi oración y entro lentamente, deteniéndome justo después y bajándome para capturar todo, incluso desde el estacionamiento. Hay un círculo enorme en el medio que parece la pista de aterrizaje de un helicóptero. A la derecha, hay un área cubierta para carros y más adelante, hay una casa de un blanco deslumbrante. Es similar a la mayoría de las casas aquí, la más blanca de las blancas con vistas al agua azul más azul. Una mujer de largo cabello castaño oscuro sale de la casa y me saluda. Me monto de nuevo en la Vespa y la conduzco hasta el estacionamiento, parándome junto a un pequeño BMW blanco.

—Siento llegar tarde —digo, apresurándome a quitarme el casco y colgarlo del asa.

—No hay ningún problema —dice, sonriendo mientras me estrecha la mano—. Soy Berenice.

—Penelope, como ya sabes. —Le devuelvo la sonrisa—. Este lugar es hermoso. Aislado, pero hermoso.

—Muy aislado. El propietario también es dueño de los lotes a ambos lados, por lo que probablemente permanecerán vacíos. —Ella me mira—. Pero no tendrás que tomar fotos de los terrenos.

—¿Te refieres a que no están vendiendo los lotes?

—No, ya que la lista es solo para alquileres de vacaciones.

—Oh. —Asiento—. No sabía eso.

—Definitivamente incluye el helipuerto.

Me río.

—Así es.

—Por favor, pasa. —Ella se aparta y me deja empezar a tomar las fotos, mirando su reloj.

—Lamento mucho llegar tarde —digo de nuevo, dándome cuenta de que probablemente arruiné todo su itinerario del día—. Mis amigos se van a casar aquí y mi horario es un desastre.

—Realmente no hay problema —me asegura—. Puede que tenga que salir para atender una llamada telefónica con el maestro de mi hijo, pero aparte de eso, esto es lo único en mi agenda hoy.

Ella sonríe.

—Es mi aniversario.

—Muchas felicidades. —Paso al comedor y trato de no jadear ante la vista que viene de las grandes ventanas al final del lugar. La miro después de tomar algunas fotos—. Lo siento. No estoy acostumbrada a fotografiar casas nuevas. O faros, para el caso. Esto es hermoso.

—¿De lujo, verdad?

—Mucho.

—Este es el dormitorio principal, allí encontrarás una puerta que conduce al patio. —Ella levanta su teléfono, que obviamente está sonando—. Lo siento, pero necesito ir al pasillo para tomar esto.

—Tranquila, me las puedo arreglar sola. —Sonrío y la miro irse antes de ir al dormitorio principal, el baño, el armario y, finalmente, mirar hacia el patio.

Dios.

Tomo un respiro mientras salgo. Hay una piscina, una gran sala y una cocina al aire libre, y una larga repisa que contiene otra sala, perfectamente preparada para fotografías, con una pequeña mesa y dos sillas. Camino alrededor, tomando fotos, asombrada antes de bajar mi cámara para tomar la vista frente al océano y otras islas frente a mí. Cierro los ojos e inhalo, sintiendo la quietud por un momento.

—Te he estado esperando.

La voz viene detrás de mí y hace que mis ojos se abran de golpe. Me doy la vuelta lentamente, medio anticipando que esto es un sueño o un producto de mi imaginación. Cuando me giro por completo, lo veo, mi corazón martillea mientras lo contemplo. Él lleva mocasines marrones, pantalones chinos azules y una camisa blanca con las mangas arremangadas y el par de botones superior desabrochados. Su cabello está separado hacia un lado y sus ojos están fijos en mí mientras suelta el humo del cigarrillo en su mano. Lo aparta, dando un paso más hacia adelante. Todavía no puedo moverme, apenas puedo respirar.

—Es un mal hábito. El fumar —me dice—. Algunas personas son alérgicas a ello.

Asiento, la emoción en mi garganta es demasiado fuerte para dejarme hablar. Finalmente, después de que el silencio se suspende por un momento demasiado largo, trago saliva y deseo que mi corazón se calme.

—¿Cómo? —susurro, sin molestarme en luchar contra las lágrimas que brotan de mis ojos—. ¿Cómo?

—¿Cómo te estaba esperando? —Él inclina la cabeza, escudriñando mi rostro con los ojos, la diversión brillando en ellos. Si yo no estuviera tan aturdida, estaría enojada—. ¿Estás aquí para tomar fotos, verdad?

Entonces, mientras estoy allí, me doy cuenta de que tal vez él no me recuerda. Tal vez, tal vez había sobrevivido a lo imposible porque había tomado las hojas y se había olvidado de mí. Quizás, quizás él lo hubiera hecho… Parpadeo y dejo de intentar justificarme. Algunas cosas son inexplicables. ¿No había dicho él eso una vez? Trago y respiro hondo. Él camina hacia adelante, sus zapatos golpeando contra el cemento mientras cierra la distancia entre nosotros.

—Eres mucho más hermosa de lo que recordaba, brujita.
—Sus ojos todavía buscan mi rostro. Entonces comienzo a
llorar, a llorar de verdad, enterrando mi rostro entre mis manos
para tratar de contenerme, y fallando, porque ¿cómo puedes
contener esas emociones?

—¿Cómo? —pregunto de nuevo, contra mis manos,
secándome las lágrimas con un movimiento rápido y poco
atractivo y volviendo a encontrarme con su mirada.

—No me creerías si te lo dijera.

—Creería todo lo que me dijeras.

—¿De verdad? —Arquea una ceja—. Es una serie de
imposibilidades.

Lo miro por un largo momento antes de levantar una
mano para tocar su rostro, para asegurarme de que esto es real.
Entonces me pellizco, una y otra vez, y también pellizco su
brazo, lo que lo hace reír. No encuentro nada de esto divertido.

—¿Qué eres tú? —pregunto después de un momento—
. ¿Qué eres tú realmente?

—Tuyo. Si me aceptas.

Me río entre lágrimas, por todas las cosas que él pudo
haber dicho, eso es lo más perfecto.

—¿En cualquier lugar? ¿Cualquier momento?

—Hasta el fin de los tiempos. —Él me agarra por la nuca,
me acerca a él y me besa.

CAPÍTULO TREINTA Y TRES

River y yo estamos envueltos en sábanas blancas, mirando hacia la puesta de sol que baña Santorini. Puedes ver todos los barcos, las islas, el agua azul profundo. Es un sueño. Siento como si fuera un sueño. El pensamiento me hace entrar en pánico, pero lo rechazo. Esto es real, y si es un sueño, no quiero despertar. Miro a River y lo encuentro mirándome.

—Todavía no me has explicado cómo es que estás aquí, vivo y bien.

—No me diste una oportunidad. —Sonríe, besando mi frente. Su expresión se vuelve seria cuando se aparta y lleva una mano a mi espalda, sus dedos se deslizan sobre las pocas cicatrices y verdugones que ya se han desarrollado—. Cuéntame acerca de esto.

—Aún no. —Trago, negando con la cabeza.

—Los míos se han ido. —Su mirada busca la mía—. ¿Qué diablos hiciste, Penelope?

—¿Qué hiciste tú? —Me siento, llevando la sábana conmigo con la esperanza de cubrirme, pero sabiendo que es inútil.

—Yo deseé que vivieras.

—Yo deseé lo mismo para ti. —Aparto la mirada, hacia el agua azul.

—Eso es una mierda. —También se sienta, alcanzándome y pellizcándome la barbilla para que yo lo mirara—. ¿Qué hiciste?

—Dime qué te pasó y dónde has estado el año pasado y te diré lo que hice.

—La mansión se derrumbó. Fuimos golpeados con fuerza por una ola. Mi padre murió. —River hace una pausa, tragando antes de continuar—. Un minuto yo estaba sentado debajo del árbol con él y al siguiente estaba sentado en la silla del diablo, sentado en la silla, pero flotando en el mar. Nadé hasta la orilla. Fui al bar de Dolly, a mi apartamento…

—Eso no fue un sueño.

—No sé. No puedo decir qué fue eso. Todo lo que sé es que no podía quedarme. —Él sacude la cabeza—. Mi cuerpo fue arrastrado, arrastrado de regreso a la silla, de regreso a través de la puerta de hierro. Estaba ahí fuera, varado, flotando sobre una estructura que no debería haber flotado.

Él me mira brevemente.

—No creo que hubiera llorado antes, si lo hubiera hecho, no lo recuerdo, pero esa noche, mientras vacilaba entre lo que una vez fue la isla Dolos y la isla Pan, lloré. Cuando me desperté de nuevo, estaba en las Bahamas —suspira.

—Me tomó meses llegar a Estados Unidos, pero durante mi estadía en las Bahamas fui a ver a una bruja que también estaba de paso. Ella me dijo que me habían liberado. La maldición se había levantado, y eso me hizo entrar en pánico porque si yo estoy libre y vivo, ¿qué significa para ti? Fui a Florida, a la isla Amelia, pero tú no estabas allí. No había ni rastro de ti allí y pensé… Pensé… —Cuando me mira, su expresión es de dolor. Pongo una mano sobre la suya y me limpio las mejillas con la otra—. ¿Qué hiciste, Penelope?

—Lo que tenía que hacer. —Me lamo los labios, saboreando la sal en ellos—. Quemé la casa de mi familia. Quemé las hojas. Le dije que, si te dejaba en libertad, yo soportaría su dolor. Soportaría el sufrimiento causado por las almas que él ha tomado.

River cierra los ojos y traga saliva.

—¿Por qué harías eso?

—Porque te amo demasiado para verte sufrir —digo en voz alta—. Porque no quería vivir en un mundo del que no eras parte.

—Penelope —él susurra, abriendo los ojos. Me pone una mano a la cara y me seca las lágrimas—. Mi mundo se acabó en el momento en que dejaste esa isla.

—No lo fue. No tenía que ser así. —Me limpio la cara de nuevo, odiando el dolor en mi pecho—. Era la única forma de deshacer la maldición.

—Odio que él tenga una parte de ti. Odio que hayas hecho eso por mí.

—Pero puedo tenerte. —Tomo su rostro entre mis manos.

—Sé cómo se siente esto. —Él toca una cicatriz—. Sé cuánto duele cuando te sale una nueva.

—Tenías diez años cuando te empezaron a salir. Diez años, River. Sobreviviré.

Él sacude la cabeza y aparta la mirada brevemente.

—¿Cómo me encontraste? —pregunto después de un momento.

—*The Haunt.* —Me sonríe—. Empezaste a publicar fotos en Grecia, y luego cada vez más aquí en Santorini, y aquí estoy.

—Y ahora vas a poner esta hermosa casa en alquiler para vacacionistas —digo sonriendo.

—Realmente no. —Sus ojos se arrugan mientras me mira—. Fue sólo una estratagema para traerte aquí. La compré la semana pasada, pero no sabía cuáles eran tus planes. Podría quedarme aquí para siempre, pero sólo si vas a vivir aquí conmigo.

—¿Qué? —Mi corazón late más fuerte.

Me da un beso en la nariz.

—Si se siente como en casa, lo haremos.

—River Caliban. —Me siento más derecha, dejando caer la sábana de mi mano para poder agarrar ambos lados de su cara—. Lo único que se siente como en casa para mí eres tú.

—Bien, porque el sentimiento es mutuo. —Entonces presiona sus labios contra mí y me besa con el fuego de mil almas tratando de volver a su otra mitad.

EPÍLOGO

—Cuando dijimos que encontrarías un dios griego en poco tiempo, no esperábamos que salieras y lo encontraras —dice Dee, con los ojos muy abiertos, mirando a River.

—Espero que esté bien que lo haya traído —susurro—. Todo fue de último minuto.

—Sí, como si alguna vez rechazáramos a un chico súper sexy de nuestra lista de invitados a la boda.

Me río, luego miro a José, que está extrañamente callado. Dee me aprieta las manos y va a cambiarse. José se levanta rápidamente y corre hacia mí.

—¿Qué carajo? —él susurra-grita—. Se supone que él está muerto. ¿Cómo es que Dee no recuerda esto?

Me muerdo el labio.

—Si te lo dijera, no me creerías.

—Pruébame. —Él arquea una ceja—. Soy de la capital mundial de las leyendas, después de todo.

—Les di hojas de té a Dee y Martin y les puse la intención de que se olvidaran —le digo, apresurándome a explicarme—. Fue demasiado para mí, ni siquiera puedo imaginar lo traumatizante que sería para ustedes. Lo siento, no pude hacerte olvidar.

—Me alegro de que no lo hicieras. ¿De qué otra manera se suponía que iba a luchar contra mi compañía de seguros para que cubriera lo que dañó la inundación si no lo recordaba? —José niega con la cabeza—. ¿Entonces, no murieron?

—Lo hicieron. —Miro hacia abajo, odiando que se pierdan vidas en absoluto—. Él sobrevivió.

—No puedo imaginar cómo —dice José—. Vi el tsunami desde mi ventana. No puedo… era imposible de sobrevivir.

—Sin embargo, aquí estamos. —Lo miro de nuevo.

—Y Dolos simplemente se convertirá en otra leyenda, como Atlantis, como lo sería Port Royal, si no hubiera sido por todos los relatos de los testigos.

—A la gente le encantan las leyendas.

—Y otras mentiras. —Los labios de José se tuercen. Pienso en eso durante un largo momento. Cuando él me mira de nuevo, sonríe—. Me alegro de que él esté vivo. Me alegro de que esté contigo de nuevo.

—Gracias, también yo. —Le devuelvo la sonrisa.

Cuando entramos a la iglesia con Dee, José la acompaña por el pasillo y yo me paro a su lado en el altar. Mientras el sacerdote celebra la misa, River y yo no nos quitamos los ojos de encima. Siento algo en lo profundo de mis costillas mientras ellos dicen sus votos y sonrío sabiendo que tenemos nuestro propio felices para siempre por delante.

¡GRACIAS POR LEER!

Envía un mensaje de texto BOOK al 21000 para recibir un mensaje de texto de Claire cada vez que haya un nuevo libro disponible. <3

Únete a mi grupo de Facebook:
https://www.facebook.com/groups/153804748100178

Sígueme en Instagram:
https://www.instagram.com/clairecontreras/

SOBRE LA AUTORA

Claire Contreras es una de las autoras más vendidas del New York Times que cambió su título en psicología por escribir ficción. No te preocupes, ella todavía usa sus conocimientos en cada uno de sus personajes.

Ha sobrevivido al cáncer de mama dos veces, nació en República Dominicana, se crio en Florida y actualmente reside en Charlotte, Carolina del Norte con su esposo, dos adorables hijos y su bulldog francés, Hendrix.

Sus libros van desde el suspenso romántico hasta el romance contemporáneo y actualmente están traducidos a más de quince idiomas. Cuando ella no está escribiendo, por lo general se pierde en un libro.

Regístrate para recibir alertas de texto SOLO EL DÍA DE LANZAMIENTO enviando un mensaje de texto BOOK al 21000.